向前一步的她们

杨轻舟 著

江苏凤凰文艺出版社

图书在版编目（CIP）数据

向前一步的她们 / 杨轻舟著. -- 南京：江苏凤凰文艺出版社，2024.9. -- ISBN 978-7-5594-7770-5

Ⅰ．I267

中国国家版本馆CIP数据核字第2024FT9897号

向前一步的她们

杨轻舟 著

责任编辑	王昕宁
特约编辑	马春雪
装帧设计	青空·阿鬼
责任印制	杨　丹
特约监制	杨　琴
出版发行	江苏凤凰文艺出版社
	南京市中央路165号，邮编：210009
网　　址	http://www.jswenyi.com
印　　刷	文畅阁印刷有限公司
开　　本	880毫米×1230毫米 1/32
印　　张	7
字　　数	101千字
版　　次	2024年9月第1版
印　　次	2024年9月第1次印刷
书　　号	ISBN 978-7-5594-7770-5
定　　价	55.00元

江苏凤凰文艺版图书凡印刷、装订错误，可向出版社调换，联系电话025-83280257

致读者

女性可以有多伟大?

在人类历史的发展进程中,女性从未缺席。

她们以坚韧为骨,以智慧为翼,以勇气为剑,

从社会刻板观念的禁锢中挣脱出来,

在偏见与男权横行的时代,打破性别壁垒,

让无数一度被男性"垄断"的领域,

第一次出现了女性的声音。

从帝王将相到科研先驱,从作家诗人到民族英雄,

她们像一座座里程碑,见证着女性力量的崛起。

正因有她们存在,

如今的女性才得以有机会主宰命运,做自己想做的事。

本书精选二十位历史上成就斐然的优秀女性,

讲述她们纵情激荡的"大女主"故事,

描绘她们超越时代的"战斗"精神,

让我们以榜样之光,擦亮人生底色,

跟随她们的脚步,走出你的"向前一步"。

李清照 确立词体地位的"婉约之宗"

武则天 走向盛唐的重要环节

冯嫽 三走丝绸之路的外交官

谢道韫 被收入《三字经》的咏絮才女

唐瑛 用英语唱京剧的优雅艺术家

许穆夫人 一首诗延续一个王朝四百年

张桂梅 用一生托起大山的希望

妇好 为商朝开疆拓土的巾帼统帅

巴清 成就万里长城的丹砂王

顾太清 续写《红楼梦》的大清女词人

明德皇后
开创新史书体例的贤后典范

卓文君
以才情写就千年爱情颂歌

郑毓秀
为保障妇女之权益学法立法

黄令仪
以中国心造"中国芯"

张幼仪
自我成全的励志楷模

吕碧城
开创女子教育新格局

屠呦呦
青蒿一握济苍生

林徽因
弘扬中国建筑之美的使者

何香凝
三八妇女节纪念日发起者

何泽慧
被誉为"中国的居里夫人"

目录

第一卷　高山之巅

002 // **妇　好**：为商朝开疆拓土的巾帼统帅

012 // **武则天**：走向盛唐的重要环节

024 // **冯　嫽**：三走丝绸之路的外交官

034 // **明德皇后**：开创新史书体例的贤后典范

046 // **巴　清**：成就万里长城的丹砂王

第二卷　　文江学海

056　//　**许穆夫人：**一首诗延续一个王朝四百年

068　//　**谢道韫：**被收入《三字经》的咏絮才女

078　//　**李清照：**确立词体地位的"婉约之宗"

088　//　**卓文君：**以才情写就千年爱情颂歌

096　//　**顾太清：**续写《红楼梦》的大清女词人

CONTENTS

第三卷　乱世佳人

108　//　**吕碧城：** 开创女子教育新格局

120　//　**郑毓秀：** 为保障妇女之权益学法立法

130　//　**林徽因：** 弘扬中国建筑之美的使者

142　//　**何香凝：** 三八妇女节纪念日发起者

152　//　**唐　瑛：** 用英语唱京剧的优雅艺术家

162　//　**张幼仪：** 自我成全的励志楷模

第四卷　举世无双

174　//　**何泽慧：**被誉为"中国的居里夫人"

182　//　**屠呦呦：**青蒿一握济苍生

192　//　**张桂梅：**用一生托起大山的希望

202　//　**黄令仪：**以中国心造"中国芯"

高山之巅

第一卷

妇好　　武则天　冯嫽
明德皇后　巴清

妇好

为商朝开疆拓土的巾帼统帅

> 中华几千年历史上，巾帼英雄、女中豪杰虽不多如繁星，却也不在少数，且大多能从史书上找到蛛丝马迹。然而有这样一位女天骄，险些被隐匿在了时间长河里。
>
> 1936年，河南安阳殷墟发现了一万七千多块甲骨，几乎全部出自商王武丁一朝。而这些出土的龟骨中，有两百多块记载的都是一个叫"妇好"的女子的事迹。然而"妇好"这个名字，史书上却全无记载，人们一度以为她只是神话传说中的人物。直到1976年她的墓被发现，"妇好"才被证实真实存在。
>
> 她是中国历史上有据可查的第一位女性军事统帅，也是神权鼎盛时期执掌神职的大祭司，是商王武丁的王后，更是雄踞一方的女诸侯。
>
> 回望历史，她以自己的方式在时间洪流中熠熠生辉。

（一）
同理朝政的王后

不同于现代社会的姓名组成结构，先秦时期，女性的姓要写在最后，因而，妇好非姓妇，而姓好。这个名字的出现，源于商王武丁。

武丁称得上一代雄主，少年时就被他的父王下放到民间，与普通民众一起劳作，了解民间疾苦和稼穑的艰难。民间的生活，不仅锻炼了他的体魄，还让他访得了一批实用人才为己所用。

公元前1251年，商王小乙去世，武丁继任商朝君主之位。

此时的殷商王朝已迈入发展的中晚期，加上此前接连两代商王皆统治无方，致使商朝的统治一度衰微。武丁即位以后，决心励精图治，让商朝再次强盛起来。他在位的五十多年里，商朝的政治、经济、军事、文化都得到了空前发展，而为他保驾护航的人，正是妇好。

妇好原是商朝北部一个方国的公主，她漂亮、聪慧，有着非同一般的出身和见识。武丁一共有六十多名妻妾，先后立过三位王后，而妇好就是其中之一。

与另外两位王后不同，妇好虽身居后宫，却是**一位杰出的政治家**。她经常与武丁一同上早朝，处理政务，武丁也乐于派遣妇好外出办事，譬如召见宗室妇人，或是代表商王会见诸侯贵族中功高德劭的长辈，以示爱护臣属，甚至追捕逃犯逃奴等，凡是男人能干的事情，妇好都有所参与。

在中国历史上大多数封建王朝中，按例王后是要与君主同住在宫城之内的，妇好却并不与武丁住在一起，而是经常待在自己的封地里。没错，妇好不仅是王后，还**是拥有自己的私兵、私产和封地的诸侯**。更甚者，作为诸侯，她还要向武丁缴纳岁贡，而相关的事宜都由妇好直接负责。

在那个男尊女卑的时代，妇好凭借着自己的政治才能，获得了武丁的信任和看重，为自己赢得了一席之地。

（二）
上阵杀敌的将军

武丁刚继位时，商王朝的版图并不算大，周围还盘踞着土方、羌人等多方势力。武丁虽然通过一系列的操作稳住了商王朝的内部，但来自外部的威胁并没有减弱，边境地带烧杀掠夺之事时有发生。

某年夏天，北方边境再次发生外敌入侵事件，武丁虽然派了将领前去征讨，却迟迟未能得胜。焦急之下，妇好主动请缨，要求率兵前往助阵。

据记载，妇好文武双全，且身体强壮，膂力惊人。虽则如此，武丁依然犹豫不决，毕竟妇好并没有作战经验。但占卜结果是妇好出征乃大吉，武丁这才勉强同意。妇好赶到前线后，身先士卒，每每冲在第一线，且指挥调度非常有一套，没多久就击退了敌人，取得了胜利。

在古代，女性很少能上战场，妇好却打破了传统的束缚，一战扬名，展示出了非凡的勇猛与智慧，也让武丁看到了她的军事天赋，自此对她刮目相看，经常命她领兵征战四方。

那个时代，一个国家的人口本就不多，能够作战的军士更是少之又少，一般战役也就有上千人。但妇好却在一次征伐羌方的战役中，率领了一万三千人进行作战，在当时，这相当于商朝的一大半部队都由妇好统率，其中还包括如禽、羽等战功赫赫的将领。这是甲骨文中记载的**武丁时期征召军旅人员数量最多、规模最大的一次军事行动**，足见武丁对妇好的信任之深。

在这次战役中，妇好指挥军队彻底击垮了羌方势力，使得商朝的西面从此安定下来。此战对商朝乃至整个中华历史都有划时代的意义。

武丁和妇好还曾联合发起过一场伏击战，进攻对象是巴方，夫妻二人分别率军埋伏于敌人的东西两侧，等敌人进入包围圈后，他们发起突袭，将巴方军队尽数围歼，促成了商朝南部的稳定局面。这场战役也是中国战争史上最早的伏击战之一。

妇好还曾带领将士讨伐过鬼方和土方。最终，在她的指挥下，鬼方一败涂地，不得不举国迁移。而势力更为强大的土方，距离商朝很近，经常入侵商朝的边境，劫掠边境的人口财富，结果被妇好只用一仗就打得服服帖帖。

妇好一生征战九十余次，先后征服了二十余个部落方国，将商朝的版图扩大了几倍，为商朝立下了不朽的战功。她的骁勇善战和雄才大略，令商朝周边的部落都不敢轻举妄动，也让她成为商朝最受尊崇的统帅。每次妇好出征凯旋时，武丁都要亲自出城相迎，设宴庆功。

妇好的墓中曾出土了两柄饰有双虎扑噬人头纹，刻有铭文"妇好"的青铜钺。在那个时代，钺是象征统帅权力的仪仗用器，相当于现代军队的战旗，可想而知，妇好在当时拥有多高的地位。

（三）

执掌神职的祭司

除却王后和一流军事将领的尊贵身份外，妇好的重要性，还体现在她拥有一个特殊的职位，那就是主持祭祀的占卜官。

"殷人尊神，率民以事神。"

商朝时期，人们迷信鬼神，崇尚天命，盛行祭祀占卜。在商人看来，鬼神的世界与有形的世界同样存在，而且这两个世界关系极密切。鬼神充斥于他们的四周，预知着他们自身及其环境的一切变动，操纵着他们的一切利害吉凶祸福，需要他们不断地馈飨。因此，整个商朝的王室和奴隶主统治阶级都有着强烈的"以神为本"的宗教意识，尊神、尚鬼、重巫也成为殷商文化的显著特征。

由此带来的结果，是几乎所有国家大事都要反复占卜、祈问鬼神，通过结果的吉凶来做出判断，祭祀也成了最重要的国事活动之一。而掌握这项最高神职权力的大祭司，可以说是整个商朝最高级别的官员，甚至可以成为国家重大国事的实际决策者。

而据甲骨记载，妇好精通祭祀诵文，**曾亲自主持过王朝的大型祭祀活动，以此决策国运**。根据妇好墓中出土的几件刻有铭文的祭祀礼器，可以推断，妇好举行的祭祀典礼不止一次，而典礼决定的都是国家大事。

除了主持各种祭祀典礼以外，妇好还有一个非常重要的任务——占卜。

占卜需要用到一整面龟甲。将龟甲从背面钻孔至快要穿透的程度，然后用火烤，这个时候，龟甲的正面就会在钻孔的周围出现裂纹，这些纹路被称为"兆"，祭司需要根据这个"兆"来判断所卜之事是凶是吉，最后把占卜的结果刻在甲骨之上。

"国之大事，在祀在戎。"而妇好**既是被神灵眷顾的大祭司，又是战功卓著的女战神**，可以说一个人主导了两件国家大事，地位之尊贵，比之商王毫不逊色。

公元前 1248 年，年仅三十三岁的妇好积劳成疾，英年离世。武丁悲痛欲绝，予以厚葬，并赐其庙号"辛"。

在中国历史上，庙号的设立，是为了让后世永远记住那些对国家和民族有卓越贡献的君主或者圣人，因此拥有庙号是一种极为崇高的荣誉。放眼历史，能够拥有庙号的女性寥寥无几，而妇好能与**历代商王一般，享有以天干命名的同等级别的庙号**，足以证明她的贡献与地位比肩君王。

在如今的影视剧里，女性角色通常都是菟丝花一般的设定，甚至在一些号称"大女主"的剧作中，女性角色的成长发展依然要依附于男性。这一现象似乎在告诉我们，女性天生柔弱，无论何时都少不了男性的保护。

而妇好的存在和成就，不仅仅让我们了解到了一个伟大的历史人物，更是告诉我们，**真正的大女主**，哪怕身在以男性为尊的封建王朝中，亦**能展现出与男性对等甚至超越男性的能力和勇气**。

巾帼不让须眉，红颜更胜儿郎。紧急关头、危难时刻，女性从未缺席，放眼神州大地，亿万女性用自身的发展，推动着社会文明的进步。生逢其时，勇敢奋斗，每一个她，都是一朵灿烂、坚强且独立的铿锵玫瑰！

武则天

走向盛唐的重要环节

"德兼三皇，功盖五帝。"

自始皇嬴政创造出"皇帝"一词，至1912年"末代皇帝"溥仪退位，这两千多年中，中国历史上一共出现了几十个王朝、几百位帝王。而浩瀚史册中，有且仅有一位正统的女皇帝——武则天。

她推翻了李唐王朝，建立了武周王朝，却能让李唐的子孙始终对她尊奉有加。

她足智多谋，韬略惊人，在男权社会下令一众须眉甘愿俯首称臣。

她当政的四十年，上承贞观之治，下启开元盛世，被认为是走向盛唐的重要环节。

她兼涉文史，颇有诗才，后世以她为题材的文学创作更是不胜枚举。

这位空前绝后的一代女皇，是历史，也是传奇。

（一）
从太宗才人到高宗皇后

公元 624 年，武则天生于一个士族官僚家庭，是唐朝开国功臣应国公武士彟的次女，她的母亲杨氏出身隋朝皇室。在这样的家庭里长大，武则天的见识和教养非常人可比，但这样美好的童年并未持续太久。

公元 635 年，武士彟逝世，武氏族人落井下石，对其母亲杨氏无礼，武则天便随母亲搬回长安居住。

武则天从小受良师教导，精通文史，聪敏机智，胆量过人。十四岁时，唐太宗驾幸洛阳宫，听说武家的二女儿长得很是漂亮，遂召她入宫，**封为五品才人**。正所谓伴君如伴虎，武则天入宫前，杨氏担心女儿，心中难过不已，武则天却安慰母亲说能侍奉圣明的天子是一件好事，然后开开心心地进了宫。

太宗有一烈马名狮子骢，肥壮任性，没有人能驯服。据说武则天侍奉在侧时，为了表现自己，便对太宗说自己能够制服它，但需要有三件东西：铁鞭、铁棍、匕首。她认为要降伏这匹烈马，必须用非常手段，先用铁鞭抽它，不服，则用铁棍敲它的头，还不服，便用匕首割断它的喉管。太宗听后，夸她勇敢有志气。

可惜的是，貌美如花的她侍奉太宗近十二年，却并未得到多少宠爱，多年以来地位始终没有晋升，更未生下儿女。

公元649年，太宗病重，按唐朝皇室的规矩，皇帝一旦驾崩，未诞育子嗣的嫔妃就要入感业寺出家。武则天不愿意一辈子当尼姑，便结交了彼时负责代理国事的太子李治。太宗驾崩后，武则天还是没能改变去感业寺的结果，但她与李治一直藕断丝连。

公元650年，李治入感业寺进香，祭奠太宗周年忌日时，又与武则天相遇。王皇后发现后便主动向李治请求将武则天纳入宫中，企图以此打击她的情敌萧淑妃。李治早有此意，当即应允。武则天得以**再度入宫**，并迅速获得了李治的宠爱，在不久后生下了一名皇子。至次年5月，武则天便升为二品昭仪。

没过几年，李治有了废除王皇后立武则天为后的想法。可是当时的朝廷中，以长孙无忌、褚遂良为首的元老大臣势力强大，坚决反对李治"废王立武"。武则天聪慧无比，深知李治此举想立她为后只是其次，真正的意图是借此事打击元老大臣势力，重振皇权。于是，武则天开始成为李治政治上的"盟友"。

公元655年，武则天**编写《内训》一书**，借强调传统妇德之事暗指王皇后德行有失，并暗中命中书舍人李义府借此上书支持"废王立武"。李治重赏他后，许多大臣见机行事，开始转而支持立武则天为后，部分老臣也因此转变态度，局面逐渐扭转。同年11月，武则天**正式被册封为皇后**。

此后，以长孙无忌、褚遂良等为中心的关陇集团开始退出政治舞台，关陇集团自北周以来长达一个多世纪的统治走向终结，为社会进步和经济发展创造了一个良好的条件。

公元660年，李治头风发作，让武则天代理朝政。

掌握实权的武则天开始一步步实践自己的野心，也因此遭到李治的忌惮，动了废后的心思。武则天得知后，立即跑到李治面前哭诉，使其"羞缩不忍，复待之如初"，再无废后之心。从此，每当李治理政之时，武则天便垂帘于后，"政无大小，皆与闻之。"

（二）

重视农业，拔擢贤才，严惩贪吏，稳定边疆

公元674年，李治称"天皇"，武则天称"天后"，史称"二圣临朝"，武则天权力日盛。

为了笼络人才，武则天提出了富国强民的十二条政策，称"建言十二事"，主张"广言路""杜谗口"。为此，她下令制造了一种铜制的匣子，分为延恩（献赋颂、谋求仕途者投之）、招谏（言朝政得失者投之）、申冤（有冤情者投之）、通玄（言天象灾变及军机秘计者投之），四种，并将

其置于洛阳宫城前，以此鼓励百姓上书言事。

凡大臣百姓提出的意见，武则天都会尽量采纳，对于那些敢于直言进谏的人，她也十分敬重。偶有言语冒犯者，她也能加以宽容，不追究对方的罪过，因此很少有人因为谏言而获罪。久而久之，朝中直言进谏蔚然成风，令下情得以上达。

针对吏治，武则天也有自己的一套行事法则。贞观年间，朝廷实行整顿吏治、严惩贪污的政策，武则天参政期间承袭此政，曾多次派人监察各地方州县，考核当地官吏是否称职廉洁。凡贪赃枉法者，不论官职高低，一律严惩不贷。若遇为官清正、造福百姓者，则大加赞赏，破格重用。因其明察善断，赏罚严明，天下英才一度竞相效用。

公元683年，李治病逝，李显继位，武则天被尊为皇太后，继续临朝称制。

为了大力发展农业，武则天编著农书《兆人本业》并颁行天下。这是中国第一部官修农书，书中阐述了农业繁荣对社会稳定的重要作用，借此大力推广先进的农业技术和工具，鼓励垦荒和民间丝织业的发展，为农业的发展和和贸易的繁荣奠定了基础。

此外,她还下诏允许内外九品以上官员和百姓向朝廷自荐,同时进一步发展科举制度,并初设武举,扩大了选官范围,以免荐举有所疏漏。这一举动为朝廷选拔了不少人才,其中不乏后来辅佐唐玄宗打造"开元盛世"的名臣贤相。至武周时,朝廷可谓人才济济,号称"君子满朝"。

公元690年,百官宗亲乃至僧尼道士,纷纷上表请求武则天登基称帝,唐睿宗李旦迫于形势,亦上表请奏,并自请赐姓武氏。多年摄政,武则天意图称帝的野心早已按捺不住,此刻天时地利人和尽占,她当即准群臣所请,于同年9月改唐为周,改元天授,正式称帝,而后大赦天下。

武周王朝正式建立,群臣为武则天上尊号为"圣神皇帝",千古第一位君临天下的女皇就此开始了她的统治!

公元692年,西南崛起的吐蕃政权成为边疆大患,武则天采纳了西州都督"请复取四镇"的建议,派兵出征西北,收复龟兹、疏勒、于阗、碎叶等安西四镇。10月,大军大破吐蕃,设安西都护府于龟兹。随后,在群臣一致反对的情况下,武则天决定对四镇增兵三万。这一措施使得

安西四镇从此安定下来,结束了唐蕃在西域反复争夺的局面,直到唐玄宗时再无反复。

(三)
中国封建史上女性地位最高时期

纵观历史,在诸多封建王朝中,唐朝无疑是女性地位最高的时期,可若要追根溯源,一切当从武则天成为皇后时起。

在那之前,即便是号称开放包容的大唐,女人的价值也依然需要依靠丈夫才能体现,丈夫是某某爵位,妻子便只能跟着称某某夫人。但在那之后,这个规矩开始变了。

武则天登上后位之后,追封生父武士彟为周国公,按照过去的礼制,杨氏只能是周国夫人。可武则天偏不按过去那一套礼制来,把生母杨夫人封为了代国夫人。虽只有一字之差,意义却全然不同。周国夫人是周国公武士彟的附属，而代国夫人则是独立于周国公之外的存在，她以这样的方式向世人表明，女人不一定要成为丈夫的附属，也可以独领一方。

杨氏过世后，武则天还让李治赐了杨氏"忠烈"的谥号，这个谥号原是为大臣们准备的，在杨夫人之前，从来没有女人得到如此高规格的谥号。这样抬举生母的举动，也让整个大唐的女性地位得以提升。

公元666年，是唐高宗李治在位时期，彼时国力昌盛，大唐呈现盛世之象，武则天便积极劝李治封禅泰山。依照传统，封禅时本应先由皇帝初献，公卿亚献。武则天认为，封禅是祀天祭地的大礼，但在祭祀太后时却由清一色的男性大臣参加，"恐未周备"，并提出女性先祖理应由皇后主持祭祀，所以她要自己充当亚献。这份建议得到了高宗的首肯，而这次封禅，也是**女性首次在封禅典礼中担任职位**。同时，她还打破女人不能干政的传统，**开创了皇后垂帘摄政的先例**，这在历史上是绝无仅有的。

至"二圣临朝"时期，武则天在十二条建言中，提议**改革守孝制度**，将原来周礼中父亲尚在时，孝子为母守孝的时间从一年提到三年，和母亲尚在时为父守孝的时间保持一致。武则天借此在既定父系权威的框架下，单独**强调了女性家长在家庭中的平等地位**。

公元690年，武则天称帝之后，即公开征召和选拔"女史"，开始**组建参政女官群体**，并将其纳入宫廷行政体系中。许多女史在此期间受到武则天的重用，被委以草诏制敕的职务。而在这之前，替皇帝起草诏书是宰相的工作。其中鼎鼎有名的上官婉儿，更是没有宰相之名，却有宰相之实。武周朝十五年间，正是这样一群能力出众的女官，为武则天执政提供了重要的参谋和帮助。

此外，武则天还一改传统婚礼中男女新人须同时跪拜的婚俗，规定**举行婚礼时男跪女不跪**。这一举措大大提高了妇女的地位，也强化了其统治的合法性。这项习俗直至宋朝依然存在。

公元705年，退位后的武则天病逝于上阳宫，享年八十二岁，与高宗合葬于乾陵。

自秦汉以来，帝王将相无不希望死后能树碑立传，而作为中国历史上唯一的正统女皇帝，武则天陵前的石碑上却空无一字。究其原因，众说纷纭，可即便如此，她的功绩也永远不会消失。

在社会生活中，女性可以做什么，不可以做什么，似乎都有一定的规则，一旦超出规则的界限，诸如"一点儿都不像个女孩子"之类的话便纷纷涌来。

可世上有无数的人，也有无数张嘴，无论你做什么，总有人会认为你是错的。如果总是因为别人的评价而强行改变自己，到最后，可能连你自己都会忘了自己是什么模样。

我们只是普通人，无法企及这位女皇陛下的雄才伟略、至高荣耀，但并不影响我们去学学她**想做什么就去做、想要什么就凭本事争取**的果断刚毅。

坚定内心，抛却世俗的耳语，去看自己的风景，我们又何尝不是自己世界的主宰？

冯 嫽

三走丝绸之路的外交官

> 外交作为一个国家与世界沟通、对外行使主权、实现国家政策的重要手段,从古至今都有着举足轻重的作用,而外交官作为专办外交事务的官员,从外形到谈吐,都代表着一个国家的形象。
>
> 提起中国古代的外交官,世人能想到的大多是晏婴、张仪、张骞、班超这般风采卓绝的男儿,但除他们之外,有一位女性,也曾用自己的胆识和智慧,为家国的外交事务来回奔走。
>
> 她原是和亲公主的侍女,却三走丝绸路,遍游西域诸国,被后代誉为"女张良"。
>
> 从豆蔻女子到耄耋妇人,她以女子之躯临危受命,保家卫国,功绩不输儿郎。
>
> 这位女子,名叫冯嫽。

（一）
是侍女也是外交官

中国古代北方的游牧民族中，匈奴一直是势力非常强盛的一支。为了掠夺资源，匈奴人经常南下侵扰，对当时的大汉王朝形成了巨大威胁。西汉初期，汉王朝势弱，为了积蓄力量，朝廷多采用"和亲"政策缓解与匈奴之间的紧张关系。至汉武帝时，大汉终于具备了与匈奴决战的条件和实力。

公元前138年，张骞受命出使西域大月氏，打算与大月氏人结盟，夹击匈奴，可惜以失败告终。汉武帝不愿再等，随后便部署兵力，展开了反击匈奴的战争。为了加大击败匈奴的筹码，西汉与乌孙国结成了军事联盟，并以宗室刘建之女细君公主下嫁乌孙。

公元前101年，刘细君病逝，两国的亲密度迅速下降。为了巩固联盟，解忧公主作为一枚新棋子，被摆在了政治博弈的棋盘之上。

这次和亲，冯嫽作为解忧公主的侍女，随行远走大漠。此时，没有人知道这个看似平平无奇的普通女人，会在日后为国家的发展做出怎样巨大的贡献。

解忧公主虽然是汉武帝亲自册封的公主，但她在乌孙国并不受重视。乌孙昆弥（君主头衔）在她之前已经纳了好几名妾室，因此，解忧公主在这里并没有很高的地位。

冯嫽生性聪慧，知书达理，非常清楚解忧公主不想远嫁的心理和身在大漠的委屈，于是常常与解忧公主相互慰勉，立志安居乌孙，不负使命。同时，她又以公主陪嫁侍女的身份，帮助解忧公主与昆弥及其妾室搞好人际关系。正是因为有冯嫽在中间打点，解忧公主的人际交往渐渐好了许多。

但冯嫽深知这还不够，要想在万里大漠生存下去绝非易事，所以她"内习汉事，外习西域诸国事"，而后短短几年，她便学会了驰马骑射，掌握了西域的语言，熟悉了当地风土人情，成了解忧公主的"政治顾问"，许多公主不便出面的事情，便由她来解决，而这成了她外交生涯的开始。

冯嫽遵照汉庭之令，常常代表解忧公主访问邻近各国，"行赏赐于城郭诸国"。邻国之人见汉朝不仅以女子为使，且来人大方谦恭，善于辞令，与人交谈时连翻译都不用，惊奇之余，更是赞她"**此汉朝奇女子，性情疏阔不输男儿，细致伶俐更胜一筹，此乃当世巾帼是也**"，敬称她为"冯夫人"。

为了让冯嫽更加名正言顺地参与乌孙国政，解忧公主以王后的身份，将她嫁给了乌孙国位高权重的右大将。冯嫽从两国大局出发，接受了这门婚事。

（二）
三走丝绸之路

在解忧公主和冯嫽的努力下，乌孙国亲汉远匈奴，两国的关系十分融洽。然而好景不长，公元前60年，乌孙王去世，乌孙背叛约定，没有拥护解忧公主之子，而是改立拥有匈奴血统的狂王继承王位，大汉与乌孙的联盟关系就此中止。

此消彼长，大汉与匈奴在乌孙的势力平衡被打破，更为残酷的是，按照乌孙的习俗，解忧公主要转嫁给性情暴虐的狂王为妻。解忧公主不甘心多年辛苦付诸东流，于是与汉朝使者合谋刺杀狂王，结果刺杀失败，公主境况堪忧。

多年的大漠生活早让冯嫽学会了如何生存，面对困境，她利用前乌孙王的庶子乌就屠对狂王的不满，联合出使乌孙的汉朝使者，为狂王摆下了"鸿门宴"。

公元前53年，乌就屠起兵，杀死狂王，自立为王，并聚集一部分人马上了北山，扬言要请匈奴兵来乌孙。

消息传到汉朝后，汉武帝立刻派兵进驻敦煌，密切注视着乌孙的动向。西域都护得知冯嫽的丈夫右大将与乌就屠的关系很好，又了解冯嫽的才干，便派她前往劝降乌就屠。

冯嫽深知此行危险重重，但她毅然决定前往，并不顾生命危险亲自前往北山面见乌就屠，与之展开了激烈的谈判。

如果说陪解忧公主远嫁乌孙是冯嫽成为外交官的开场，那么平息乌孙内乱则是她作为外交家开出的漂亮一枪。她软硬兼施，对乌就屠直言利害关系，并主打心理战，三分威胁，七分利诱。最终，乌就屠为保全自己，接受了冯嫽的建议，让位于解忧公主的儿子。

彼时在位的汉宣帝为了了解乌孙的情况，急诏冯嫽归汉，并命文武百官在城郊迎接。京畿百姓闻讯，纷纷前来一睹女使者的风采。冯嫽万里奔波，在宫中觐见宣帝之后，详细奏告了劝导乌就屠的经过，并建议给予封号以安其心。汉宣帝盛赞她的远见卓识，欣然采纳了她的建议，并封她为正使，派她再次出使乌孙。

这次出发，冯嫽不再是侍女，而是正式以使臣的身份，**乘坐驷马锦车，手持汉节**，前往乌孙，立解忧公主的儿子为大昆弥，乌就屠为小昆弥，皆赐印绶。此次册封，标志着乌孙已由原先的盟国变成了汉朝的属国，西域彻底成为汉朝领地。

得益于冯嫽的帮助,大汉得到乌孙的鼎力支持,与匈奴开战,匈奴节节败退,最终四分五裂。乌孙也最终归降,成为西汉的属国。

就这样,冯嫽依靠自己的辩才和沉着,**不费一兵一卒,成功化解了汉朝与乌孙的外交危机**,巩固了大汉与乌孙和亲的成果,开创了"成哀时往来尤数,汉遇之亦甚密"的新局面,一代红颜不输男儿。

公元前51年,年老的解忧公主上书汉宣帝,希望可以回归故土。汉宣帝感念解忧公主为国家做出的贡献,答应了公主的请求,将她从乌孙接回,颐养天年,冯嫽也得以陪同公主回到了阔别了几十年的家园。

冯嫽的生活似乎回到了正轨,但迎接她的却不是安宁的晚年。

归国的第二年,乌孙昆弥逝世,解忧公主的孙子继位,但其治国无方,致使乌孙国局势再次陷入动荡。适逢汉宣帝驾崩,解忧公主又已过世,敏锐的冯嫽意识到,乌孙国内的匈奴势力有趁机抬头的迹象,乌孙国很有可能再度内乱。因此，她不顾自己已七十岁高龄，上书汉元帝，**自请重返乌孙，平息矛盾**。汉元帝见她言辞恳切，一片赤诚，只好应允。

公元前48年，年迈的冯嫽在一百名士兵的护送下再次踏上西行之路，重返乌孙。

乌孙的臣民听说她回来了，纷纷出城相迎，甚至跑出几百里外远道迎接。冯嫽也不负众望，在她的奔走努力下，乌孙国的局势再次稳定下来，汉朝与乌孙的友好关系得以继续保持。

纵观冯嫽一生，她有胆有识，以女子之身屡次作为正式使节前往异邦从事外交活动，在加强汉朝同西域诸国之间的友好关系方面做出了巨大贡献，这在中国几千年的封建社会史上是绝无仅有的。

可以说，她凭借着自己的才智胆识，在以男性为主导的舞台上占据了一席之地，并为后来无数女子登上这个舞台开了先河。

如今的中国外交舞台，已有许多才华横溢的女外交官在此一展雄心抱负。作为后辈的我们,有责任不让她们的伟绩淹没在历史长河中。我们也坚信,在她们的指引下,我们也能创造出属于我们的丰功伟绩!

明德皇后

开创新史书体例的贤后典范

" 历史上有名的贤后很多,但唯有东汉的明德皇后得到了"两汉皇后之最贤者"和"千古贤后"的称赞。

从失势的将军之女到贵为皇后,再到成为太后,她始终自强不息,又和善能干。无论是前朝还是后宫,对她都没有不好的评价。

她虽一生无子,却从未失去丈夫的半分爱和敬重,虽是将门之后,却博学多才,甚至开创了"起居注"这一史书体例,成为中国历史上第一位女性史学家,更是第一位著书立说的皇后。

时光穿越千年,她的凤仪却依然鲜活在历史的长河中。"

（一）
没有一个人不爱马贵人

明德皇后本姓马，名字已经失传，后世称她为"马明德"。

她是东汉著名将领马援的小女儿。在她很小的时候，马援就在攻打五溪蛮人的过程中不幸去世了。明德原有一个哥哥，名叫马客卿，非常聪明，也不幸早夭。丈夫和儿子接连去世，深深地刺激了明德的母亲蔺夫人，久而久之，蔺夫人也变得神志恍惚。

在这样的家庭悲剧之下，本该天真享受少年烂漫的明德，不得不站了出来。她学着父母的样子管理和指挥仆人，料理大事小情，虽然只有十岁，却已经是一派成熟稳重的大人模样了。

马援去世后，中郎将梁松以及黄门侍郎窦固等人趁机诬陷他，马家也因此日益衰落，族中之人常常被权贵们欺辱。明德的堂兄马严不堪受辱，更担忧马家会就此一落千丈，于是和明德的母亲蔺夫人商量过后，断绝了明德与窦氏的婚约，并上书光武帝恳请让明德充入后宫，期望能借此护佑家族。十三岁时，明德被正式选入太子宫。

明德长得很美，个子高挑，发量惊人。据说，她的头发，即使盘成四层的高大发髻也仍有多余，将剩余的头发继续缠绕，还能再缠绕三圈。明德不仅貌美，而且很是聪慧，且十分注重礼仪分寸。进宫以后，明德一边认真侍奉皇后阴丽华，一边与其他嫔妃交好，品行贵重，待人和善，很快便得到了太子刘庄的宠爱，宫里上上下下的人也都很喜欢她。

公元57年，光武帝逝世，太子刘庄即位，为汉明帝。明德因为深受宠爱，被封为贵人。

彼时，明德一直未能孕育子嗣，反倒是与她同为汉明帝妃嫔的异母姐姐贾氏已生下了一个儿子刘炟。汉明帝见明德处事周到，品行又好，可以作为旁人的学习典范，便将刘炟交给她来抚养，并说："其实人也不是非要自己生儿子，怕的只是对孩子不能精心养育和爱护罢了。"

汉明帝的安慰和信任，令明德感怀在心，于是更加精心照顾刘炟。幸运的是，刘炟天性孝顺淳厚，对明德这个养母也十分感恩孝顺，母子之间没有生过任何矛盾和嫌隙。

明德虽然深受汉明帝的宠爱，却从不专宠妒忌。甚至，因为担忧汉明帝子嗣不多，她还时常为汉明帝引荐一些侍奉的人。后宫嫔妃中比较受汉明帝宠爱的，她还会特意提高她们的生活待遇，安慰接纳。所以，整个汉明帝的后宫，从皇帝到妃嫔，从皇子到宫人，没有一个人不爱马贵人。

（二）
厉行节俭，治国辅政

明德的贤惠，在公元 60 年的时候得到了回报。

这一年，有关主管官员上书汉明帝，希望皇帝能尽快确定皇后人选。皇太后阴丽华得知后表示："整个后宫，只有马贵人的德行是数一数二的，不如就册立她为皇后吧！"

于是，明德从马贵人荣升为明德皇后。

据说，在被册立为皇后之前，明德曾经做了一个奇怪的梦，梦中有无数只的小飞虫飞来落在了她的身上，钻进了她的皮肤，又钻出来飞走。这个梦究竟是何意义不得而知，但到底给明德成为皇后这件事增添了几分神秘色彩。

难能可贵的是，成为皇后以后，明德依然厉行节俭，日常穿着都是粗帛布衣。每逢初一和十五，皇子公主和一众妃嫔前来拜见她时，从远处看到明德皇后的穿着，还以为她穿的是什么稀罕的丝绸，等靠近一看，才知道是粗布。明德并不觉得这有什么不好，还常常跟妃嫔们"推销"，说粗布衣料容易染色而且大方耐用。

一朝皇后厉行节俭至此，众嫔妃无不惊叹和佩服。

明德十分不喜游乐。或许是因为熟读史书，她认为皇家的衰落，多从皇族沉溺于游乐开始。因此，每当汉明帝要出宫去苑囿离宫的时候，明德虽然不会直接劝阻，但从不与汉明帝一同出游，只是诚恳地叮嘱汉明帝要注意天气变化，游玩时注意身体健康。

有一次，汉明帝要到濯龙园去游玩，把后宫中的其他妃嫔以及王族众亲都召集了过来，众人见到明德皇后不在，便一同提议说："陛下，不如请出皇后，与大家一同游乐。"十分了解明德皇后的汉明帝却只是笑笑说："皇后生性志趣不在游乐，就算是把她喊来了，她也不会快乐的。"

如果说明德有什么爱好，那一定是读书。她尤其喜欢《周礼》以及董仲舒的作品，《春秋》和《楚辞》也不知读过多少遍，甚至能背诵《易经》全篇。得益于此，明德拥有极强的思辨能力，对于朝中将领公卿提出的各种意见，她往往可以通过细节推论出这些人背后的真实用意，从而帮助汉明帝进行决策。也因此，汉明帝每次来找明德时，总会忍不住与她讨论一番国家大事，明德也确实为汉明帝提供了不少帮助。

明德皇后虽然深得汉明帝的信任，多次帮助其处理国家事务，但她谨守原则，从不偏帮外戚，也没有因为自己家人的私事向汉明帝进言过，所言所行，皆为公道。汉明帝对她与其说是宠爱，不如说是敬重。

公元72年，楚王刘英被人告发意图谋反，经过查实，刘英最终被削去王位，变相软禁于丹阳。次年，刘英自尽，汉明帝却没有就此放过相关人员。为了将刘英党羽尽数铲除，汉明帝施以高压，导致"辞语相连"，官员之中甚至出现了相互攀扯诬告的情况。

案件纠察绵延数年之久，明德眼见事情愈演愈烈，担心照此下去会出现错杀无辜的情况，造成冤假错案，引发民心动荡，便在汉明帝来看她时候，从分封皇子说到了刘英的案子，迂回委婉地劝说他不要大兴杀戮之事。

据传，当天夜里，汉明帝在宫中久久徘徊，思考着明德皇后的话，终于在第二天下定决心，免去了不少被牵连者的罪名，很多人因此得到了宽宥。

（三）
撰写起居注，控制外戚

公元75年，汉明帝驾崩，太子刘炟继位，是为汉章帝，明德也顺理成章地成了皇太后。

根据汉朝皇室的规制，先帝去世后，除皇后外，其他妃嫔都必须搬到南宫居住。因为与其他妃嫔相处融洽，在众人离开时，明德十分体贴，下令赏赐给每个人诸侯王赤绶，另外安车驷马，外加十斤黄金、两千匹杂色帛以及三千端的白越布。

成为太后之后，明德经常与汉章帝谈论国家政事，还接手了教养诸位小皇子的任务。为了辅佐新帝巩固统治，让他快速了解先帝在世时的行事方针，明德做出了一个开创性的决定——她要亲自为汉明帝撰写《显宗起居注》（"显宗"是汉明帝的庙号）。

在此之前，关于帝王的记录还从没有过"起居注"这样的史书体例，更没有哪个皇后为皇帝写过史书，明德因此成为中国第一位女性史学家，比班昭写《汉书》早了二十多年。

自此之后，"起居注"这一形式被延续下来。作为皇帝的言行日记，起居注中明确记载了皇帝每天说了哪些话，干了哪些事。更重要的是，按照规定，皇帝本人无权擅自更改起居注的内容，而这也在无形中成了制约在位帝王的"金箍"，在一定程度上起到了监督皇帝言行的作用。

除此之外，明德也更加注重约束自己的家族。

汉朝是中国历史上外戚专权最为严重的一个朝代，尤其光武帝刘秀在建立东汉的过程中得到了很多世家大族的支持，因而东汉建立后，光武帝也给予了这些世家大族许多优待。然而随着时间的流逝，这些世家大族逐渐把持了朝政。

作为太后，明德是当时地位最尊贵的女人，她的娘家马家也因此一改当初的颓势，成为众人巴结的对象。但明德深知，一旦外戚专权，必然会造成政权动荡，她不愿意因为自己而给天下带来祸端。况且，历史上势大的外戚几乎都没有什么好下场，想要长久安宁，就必须低调行事。

公元 76 年，新帝刘炟想要给几个舅舅封爵，明德坚决表示反对。次年夏天，一些官员借着旱灾再次向新帝进言，说是没有遵从典章分封外戚的缘故。明德听后大怒，斥责这些官员就是些借机献媚讨好的无德之人，并言明马家没有军功，按例不能封侯，下诏拒封外戚。

此后，明德时常监督外戚们的所作所为，有衣行奢华而不遵守法度的，她就立刻断绝和他们的属籍关系，将他们贬到乡下去种田，而对于谦虚朴素、有仁义品行的人，她便会赏赐给他们钱财，以示鼓励。明德甚至向京城官吏们表示，马家兄弟有违犯地方法令的，就依法制裁，做官做得不称职或违法的，就直接罢官送回老家。在明德的坚持下，外戚皆行事小心，归从教化，**间接造就了"明章之治"的盛况**。

公元 79 年，为宫廷和国事操劳一生的明德得了重病，缠绵床榻。她不相信神巫邪术，多次下令禁止为其祭祀和祷告，不久后，四十多岁的她完成了自己的历史使命，驾鹤西去。

这个一生谦逊守礼的女子，生前死后，都坚守了她心中的"礼"和"义",为自己的一生画上了完美的句号。

中国的史书一向是"重男轻女"的,然而一千年后,史学大拿司马光在编写历史巨著《资治通鉴》时,专门以极长的篇幅描述了明德皇后生平的言行举止,并毫不避讳地提出,尽管光烈皇后阴丽华的名气远高于明德皇后,但明德皇后的言行更值得作为天下女子的表率。

谦逊朴实、知书达礼、恪守原则、深明大义,这些都是明德皇后的魅力所在,而更重要的,是她从未将自己困于后宫争斗,囿于儿女情长,而是通过努力,让自己成为能够与丈夫比肩而行的同路人。她不是在扮演一个完美的贤后,而是以一个强大独立的灵魂,一步一步成为更好的自己。

自强不息、厚德载物,如果我们必须从明德皇后身上学到些什么,那么或许,这才是重点。

巴清

成就万里长城的丹砂王

> 司马迁所著的《史记·货殖列传》，是中国最早的经济史著作，称得上是中国的第一个富豪排行榜，而巴清是唯一一位榜上有名的女"企业家"。
>
> 她是秦汉女性工商业主成功者中最典型的例子，凭借着惊人的财富，成为战国七大富豪之中唯一的女性。
>
> 她也是一位杰出的女化学家和军事领袖，人生精彩程度，仿佛是一部大女主剧本，连始皇嬴政都对她尊重万分。
>
> 没有她，也许就没有今日的秦始皇陵。

（一）
家族企业的掌舵人

战国晚期，巴清出生于巴郡（今重庆市和四川省东部区域）。长大后，巴清嫁入了豪门，夫家祖上几代都从事丹砂贸易。

丹砂又称朱砂，是提炼汞的主要矿物原料。在当时，丹砂既可以做染料，也是一种极其珍贵的药物，并且因其具有防腐功能，也被很多豪门贵族用来炼制丹药，以求长生不老。巴郡本就具有丰富的丹砂矿产资源，加上独步天下的开采和冶炼技术，夫家生意红火，代代相传，一时风光无限。

然而不幸的是，巴清出嫁没几年，她的丈夫便因病离世。她年纪轻轻成了寡妇，膝下又无儿无女。眼见庞大的家族产业无人继承，巴清只能独自挑起了重担。

在那烽火连天、硝烟弥漫的年代，一个坐拥金山的孤弱女子，必是众多贪婪之徒眼中的肥肉。想要在这虎狼环伺的局势中立足，必然要有些真本事。因为交通条件落后，为了实现利润最大化，巴清采取多点供给、分散生产的办法，在枳县东南西北的临江高地进行多点冶炼，省去了成品水银的烦琐搬运，大幅地提高了生产效率，增加了产量。

同时，为了扩张销路，她顺长江而下，将丹砂运至中原地区，一方面通过古褒斜道翻越秦岭进入咸阳、长安，一方面由水路至巫山罗门峡口，经一百五十公里栈道通大宁河，再北上出川进入秦岭古道，西运蜀国。

在管理上，对外，她注重丹砂质量，打造品牌效应，使巴地丹砂在各地广负盛名。对内，她奖罚分明，刚柔并济，知人善任，唯才是举。

很快，她凭借过人的经济头脑和敏锐的市场洞察力，迅速成为家族企业的掌舵人，凭借着技术垄断和合理的生产布局，建立起了属于她的丹砂帝国。与此同时，巴清还利用自身的财富豢养了一支私人武装，以保护其遍及全国的商业网络。

据《长寿县志》记载,巴清掌管家业期间,全县人口总计五万人,其中五分之一都是巴清家族的徒附家丁,也就是说,巴清拥有一个"员工"多达上万人的"企业"。而同期欧洲的发达地区,还没有规模如此之大的商业组织,由此推定,巴清是当时世界上最大的企业家。据史料粗略估算,她当时的家产有白银八亿万两,财富值甚至超过了同时代的范蠡、子贡、白圭、乌倮等知名富豪。

除此之外,巴清还制定了最早的"员工养老制度",积极扶贫济困,保卫一方平安,被乡人奉为活菩萨。

(二)
成就秦始皇陵的丹砂王

每个企业都有几个重要客户,而巴清最大的客户,正是"德兼三皇,功过五帝"的始皇帝嬴政。

公元前 247 年,嬴政登基,继承秦国王位,秦始皇陵开始修建。

据《史记·秦始皇本纪》记载:"(地宫)以水银为百川江河大海,机相灌输,上具天文,下具地理。"现代考古发现,这座法天象地的地宫,占地约十八万平方米,中心深度约三十米,由此可知,在那黄泉深处的秦宫之中,至少贮存着一百吨以上的水银。

根据当时丹砂的产地和各处拥有量分析,虽然不能排除有其他地方为秦始皇陵供给水银的可能,但巴清绝对是其中最大的供应商,她也因此获得了秦始皇的青睐。

群雄争霸时期,各国广纳贤才,对于能够辅佐霸业的豪杰之士,各国君主往往执宾主之礼,以示特别尊重。召见巴清时,秦始皇亦将其当作贵客,彼此之间行宾主之礼,表明是平等关系,这在当时无疑是最高礼遇。而对于女性而言,能够享受"礼抗万乘"的待遇,这在当时是十分罕见的。

战国时期,中原各国忙于征战,无暇北顾,匈奴经常趁机袭掠北部边境。公元前214年，为了解除匈奴对秦的威胁，秦始皇命蒙恬率三十万大军北击匈奴。匈奴不敌，向北迁徙。为了防止匈奴再次入侵，秦始皇开始修建长城。巴清得到消息后，献出万金，资助了这一重大工程。

嬴政统治后期痴迷于长生不死之术，召集了大量术士炼制长生不老药。丹砂作为药材，可用作镇静剂，还能用来治疗疥癣等皮肤病，加之丹砂有毒又防腐，古人认为用丹砂炼药，可以让人延年益寿、长生不老，因此丹砂被用作炼丹的主要材料，需求量急剧增长。而为嬴政炼制长生不老药所需的优质丹砂，便是由巴清提供的。

秦始皇对巴清的尊重不仅源于她家族的财富和地位，更因为她的坚贞品质。先秦两汉时期，婚姻制度十分包容，妇人离婚再嫁或是寡妇改嫁都是十分平常的事情。而巴清从一而终，丧夫后也没有再嫁，因此，**秦始皇特封她为"贞妇"**。从目前已知的记载来看，能得到秦始皇如此高评价的女子，除了巴清，再无第二人。

秦始皇统一六国后，为了加强专制统治，推行郡县制，开始收缴地方豪强的私人武装，许多贵族和豪强大户被迫迁往他处，其中十二万户被迁到咸阳，巴清也在此列。晚年时，秦始皇更是将她接进了咸阳宫，以礼相待，并在她死后，按照她的遗愿，将其灵柩运回故乡，藏于长寿龙山寨，并筑"怀清台"以示表彰纪念。

在男尊女卑的封建社会中，这位极其成功也极其独立的女性，以巾帼不让须眉的气概，闯出一片属于自己的天地。她的商业头脑和政治智慧，让人叹为观止，在历史的上留下了浓墨重彩的一笔。

在中国，历朝历代的统治者们出于种种考量，大多采取抑商策略，使得商业的发展步履维艰，而商人作为商业活动的主体，始终处于社会阶层的末端。加之彼时女性的社会地位远远低于男性，女子从商更是会被人瞧不起。

可早在几千年前，巴清便以非凡的勇气和智慧，用自己的实际行动证明了**女性同样挣得银两，谋得生计**，绣鞋困不住她们，世俗也锢不住她们。

女性从来不止一个样子，无论在何时何地，只要坚持自己的信念和追求，就能够创造出属于自己的传奇。

第二卷

文江学海

许穆夫人　谢道韫　李清照
卓文君　顾太清

许穆夫人

一首诗延续一个王朝四百年

> 春秋，一个群雄争霸的时代，也是女性光辉被硝烟掩盖的时代。
>
> 然而，有这样一位女子，她的精神之光，她所吟咏的诗句，强势地穿越了战火，重重地涂抹在了历史的画卷中。
>
> 她是许穆夫人，春秋时期卫国的王后，也是中国乃至世界历史上第一位见于文字记载的爱国女诗人。
>
> 她写《竹竿》，写《泉水》，更写《载驰》。在故国覆亡之际，她孤身驰援，用惊人的勇气和智慧为故国争取救援，成功复国，延续王朝四百多年。

（一）
卫国王姬，错配许穆公

公元前690年左右，在卫国的都城朝歌，一个美丽可爱的小女孩诞生了，这便是许穆夫人。

她的母亲原是齐国的公主，姓姜，因为嫁给了卫宣公，被后世称为宣姜。不过，她的父亲却并不是卫宣公。宣姜在卫宣公去世后，按当时的习俗改嫁给卫国公族卫昭伯，这才生下了她。

许穆夫人继承了母亲的花容月貌，生得美丽且十分聪慧，自幼能歌擅诗，才华横溢。在以男性为尊时代，女性注定只能成为一颗棋子。何况生在王族，身为公主，既然享受了公主的优渥生活，就必须尽一个公主的责任。

许穆夫人到了出嫁的年龄以后，求亲的人便将目光投向了她。其中，求娶意愿最强烈的，是齐国和许国。

彼时，许穆夫人虽然年龄不大，眼光却十分独到。她深知自己的婚姻是保卫卫国的政治砝码，所以一开始就看中了实力雄厚的齐国。在她看来，齐国不但和卫国相邻，而且实力十分强大，是当时的春秋五霸之一，齐国国君齐桓公也是一位难得的明君，如果能够嫁给齐桓公，卫国的国家安全会更有保障。

但婚姻大事是由不得自己做主，许穆夫人便找到母亲宣姜，诉说了自己对两国联姻的看法。听到女儿如此有格局、有见地，宣姜很开心，而且十分赞同女儿的选择。但令许穆夫人失望的是，当时的卫国国君卫懿公只知奢侈淫乐，根本不知民间疾苦，更缺乏远见，因而在重金之下，借口与宗亲联姻才能得到周天子的庇护，将她许给了许国国君许穆公。

然而当时的周王朝已然衰败，诸侯国兼并战争连年不断，卫国一直处在大国争霸和邻国侵袭的威胁之中。许国弱小，距离卫国又远，一旦卫国有难，许穆夫人只怕许国根本无力援助，也不敢援助。可她既是女子，更是臣子，只能听从卫懿公的命令，嫁给了许穆公。

她本姓"姬"，因嫁给许穆公，出嫁之后，便被称为"许穆夫人"。

（二）
故国难忘，挥就好诗篇

虽然许国实力不强，许穆公也不是许穆夫人的首选婚嫁对象，但许穆公对她的确是恩宠有加，总是想尽各种办法，博美人一笑。

可许穆夫人到底不是那般沉迷于男女情爱的小女子，许穆公的宠爱并不能替代她对故国的忧虑和思念。她孤身一人嫁入许国，因为远离故乡，无法归去，内心更是孤寂，对卫国的思念也日益浓烈。

看到许穆夫人美丽的脸蛋上总是挂满了忧伤，许穆公很是着急。这天,为了帮许穆夫人排解忧虑,许穆公特意命令从卫国陪嫁过来的宫女们都去陪许穆夫人,带她驾车出游,希望美丽的山水风光可以冲淡美人的故国之思。

然而,许穆夫人出游后,一路看着许国的风景,不但没有开心起来,反而更加想念卫国的景致。在这种强烈的思乡之情的催动下,才华横溢的许穆夫人忍不住挥毫泼墨,写下了著名的《竹竿》一诗。

> 籊籊竹竿,以钓于淇。岂不尔思?远莫致之。
> 泉源在左,淇水在右。女子有行,远兄弟父母。
> 淇水在右,泉源在左。巧笑之瑳,佩玉之傩。
> 淇水滺滺,桧楫松舟。驾言出游,以写我忧。

她是那样思念儿时与伙伴们在卫国淇水边一起垂钓的欢乐时光,可如今,她背负着王室公主的重担出嫁许国,远离故土,远离父母兄弟,再也无法回到故乡,倒还不如那东去的流水,至少还有重新汇聚之时。字字句句,情真意切,思乡怀亲之情在这点滴细微的回忆中被抒发得淋漓尽致。

这次出游,让许穆夫人得到了些许安慰,不久后,她又乘兴写出《泉水》一诗。

毖彼泉水,亦流于淇。
有怀于卫,靡日不思。
娈彼诸姬,聊与之谋。
出宿于泲,饮饯于祢。
女子有行,远父母兄弟。
问我诸姑,遂及伯姊。
出宿于干,饮饯于言。
载脂载舝,还车言迈。
遄臻于卫,不瑕有害?
我思肥泉,兹之永叹。
思须与漕,我心悠悠。
驾言出游,以写我忧。

偌大的许国王宫里,和许穆夫人有共同语言的,也就只有那些陪嫁过来的姬姓姑娘了。她常常和她们坐在一起,饮酒思乡，回忆往事。即便时常驾车出游排解，她对故土的思念之情也一日不肯停歇。

只是，比起思念，许穆夫人心里更多的，还是对故国安危的忧虑。

（三）
奈何国破，美人孤身图复国

春秋乱世，战争本就是习以为常的事情。许穆夫人之所以如此担心故国，实在是卫国的状况已经岌岌可危。

卫国也曾是一个相对强大的诸侯国，但随着齐国、楚国、晋国和秦国等大国的崛起，卫国逐渐落入夹缝之中，无法扩张领土。到了后期，卫国内部君臣关系紧张，残酷的宫廷内斗使得国家慢慢积贫积弱，衰败成了必然。在这样的前提下，卫国不思解决内患，反而开始对外发动战争，错误的对外战略成了压死卫国的最后一棵稻草。

在这样的境况之下,许穆夫人的哥哥卫懿公,不仅没有励精图治、专心朝政,反而整日沉迷声色、无法自拔,致使政事荒废,国力不断下降。更夸张的是,卫懿公沉迷于养鹤,斥巨资把御花园改成了所谓的鹤苑,还给每只鹤都封了官爵,让它们乘坐大夫的座驾出行,招摇过市,号称"鹤将军",甚至下令向卫国人征收"鹤捐",令百姓苦不堪言,怨声载道。

北狄瞄准这个机会,对卫国下手了。

眼见北狄的骑兵攻城略地,一向只知享乐的卫懿公终于慌了神。他发布命令,要求卫国的将士们为他出战,守卫城池。然而,将士们早已对卫懿公失望透顶,更清楚北狄攻势凶猛,自己的国家根本无力抵抗,干脆一个个摆烂,学着卫懿公的口吻,讽刺他既然养了那么多鹤将军,不如就让它们去迎敌吧!

民心丧失至此,卫国毫无意外地败了。

都城沦陷,卫懿公被杀,民众纷纷逃往他国。消息传到许国后,许穆夫人又伤心又气愤,她立刻向许穆公恳请发兵驰援卫国。然而，正如当初许穆夫人所担心的那样，怯懦的许穆公压根不敢出兵，只是象征性地派了一个使者去为卫懿公进行吊唁。

看到夫君如此退缩，许穆夫人的心凉了一大截，但她已没有时间去失望。她立刻召集了陪嫁到许国的姬姓姐妹。经过商议对策，众人一致决定，立即收拾相关物资，驾车奔赴卫国驰援，与卫国上下共赴国难。

胆小怕事的许穆公得知后，担心许穆夫人的行为会将战火引到许国，立刻派人驾车追赶许穆夫人，强烈要求许穆夫人返回王城。

面对来人的阻挠，许穆夫人更是气愤，当即作《载驰》一诗，痛斥懦弱的丈夫和那些冷血无情的许国大夫。

　　载驰载驱，归唁卫侯。
　　驱马悠悠，言至于漕。
　　大夫跋涉，我心则忧。
　　既不我嘉，不能旋反。
　　视尔不臧，我思不远。

既不我嘉，不能旋济。

视尔不臧，我思不閟。

陟彼阿丘，言采其蝱。

女子善怀，亦各有行。

许人尤之，众稺且狂。

我行其野，芃芃其麦。

控于大邦，谁因谁极？

大夫君子，无我有尤。

百尔所思，不如我所之。

　　慷慨凛然的诗句震慑了追赶而来的大夫们，他们面面相觑，最终只能放弃，任由许穆夫人归去。

　　卫懿公死后，公子申临危受命，被拥立为卫戴公，带领卫国军民东逃，并在许穆夫人的姐夫宋国国君的帮助下聚集到曹国旧地。许穆夫人一到曹地，便立刻着手分发物资救济难民，和卫戴公共谋复国的策略。

　　在许穆夫人的建议下，他们一边召集百姓安家谋生，整军训练，一边由许穆夫人的母亲宣姜出面斡旋，向齐国求援。与许穆夫人曾有过一面之缘的齐桓公，在看到《载驰》这篇诗歌后，被其强烈的爱国精神所感动，最终同意了卫国的请求，向卫国提供了大量的粮食和物资。在齐国的主导下，宋、许等小国也参与到救援卫国的队伍中。

经诸国合力，北狄最终被击退，卫国得以复兴。两年后，卫国在楚丘重建都城，恢复了在诸侯国中的地位，并在此后延续了四百多年。

"谁道千金多娇纵，复国由此赖红颜。"

许穆夫人的美貌、文采、智慧，和她高尚的爱国主义情怀，都如她所写的诗歌那样，值得人们反复回味和仰望。

她是女子，也是诗人。即便人们已经忘了她的名字，只记住了"许穆夫人"的称号，但，这个称号的经久存在，已经说明了一切。

爱生勇，世间最强大的爱，莫过于对祖国家园的爱，如此强大的爱定滋养一颗无比强大的心，生出一往无前的勇敢，去抵挡百般磨难，去守护心中挚爱。这种精神力量跨越悠悠时光，一直照亮后人，唤醒我们心中的勇敢。

谢道韫

被收入《三字经》的咏絮才女

> 众所周知,两晋时期是中国历史上高门雅士诗酒风流的时代,出现了许多颇具才情的大家。在那个只有极具才名的男子才能被称为"名士"的年代,有一个人却以女子之身脱颖而出,她便是被写入《三字经》的名门才女——谢道韫。
>
> "谢道韫,能咏吟。彼女子,且聪敏,尔男子,当自警。"
>
> 她是东晋第一才女,才华卓绝,出口成章。
>
> 她是巾帼不让须眉的女中名士,挥剑杀敌,临危不惧。
>
> 她出身世家,嫁于世家,婚姻不幸,却从未将自己困在其中,至死洒脱如风,被视为历史上最飒的才女,后世许多赞美女子的词语因她而生。
>
> 朱雀桥边,乌衣巷口,多少风流人物悄无声息地来了又去,而她却始终于史书之中熠熠生辉。

（一）
林下之风，女中名士

公元349年，谢道韫出生于陈郡谢氏家族。谢氏是名门世家，号称"诗酒风流"，显赫无比。她的父亲谢奕是东晋的安西将军，长年征战在外，权势可与当时的枭雄桓温相抗衡。她的叔父谢安则是后来著名的宰相，曾在淝水之战力挽狂澜，打败了不可一世的苻坚大帝。到了她这一代，家中子弟更有"封胡羯末"四大才子，谢氏家族也因此有了"谢家宝树"之称。

在这样权倾朝野的书香门第长大，谢道韫自小便接受了精英式教育。谢安还未入仕时，她便和族中的其他子弟跟着谢安治学读书。谢道韫聪慧好学，熟读经史，自幼才智过人，虽是女孩儿，却具有寻常男子也未必拥有的志向和眼光。

谢道韫的弟弟谢玄少时虽有才气,却不爱用功,沾染了一身士族纨绔子弟的不良习气,好阴柔之风。谢道韫见了,直接问他是整天被琐细的事务缠身分了心,还是天分有限才毫无进益。谢玄听后羞愤不已,从此奋发努力,终成一代名将。

七岁时,谢道韫和兄弟姐妹们聚在一起谈诗论词。适逢大雪,谢安兴致大起,想要考验一下子侄们的文学素养,便对着纷纷扬扬的雪花问道:"白雪纷纷何所似?"侄子谢朗立即答道:"撒盐空中差可拟。"

谢安觉得这个答案只能算中肯,但是还差些意境,于是又看向其他人。

谢道韫悠然神想后,道:"未若柳絮因风起。"

她将飞雪比作柳絮,堪称精妙,谢安也对她的才思和想象力表示十分满意。谢道韫"咏絮之才"的美名自此传扬开来。

谢道韫不仅于诗文一道颇有天赋,于玄理一道也造诣极深,是一个辩论高手。

魏晋时期，士大夫们十分热衷于聚在一起，找个话题分正反两方互相驳斥，进行高谈阔论，相当于现在的辩论赛，彼时称为"清谈"。清谈十分考验一个人的学识和逻辑思维能力，不少厉害人物都成为清谈家，甚至当了大官。

据《晋书》记载，"书圣"王羲之的儿子王献之曾在家中举行清谈，却因技不如人，几近词穷落败。谢道韫在偏室听得一清二楚，心痒难忍，便派女仆表达了自己想要亲自上场的想法，王献之稍加思索便同意了。

碍于男女之防，谢道韫让人在厅堂里布置了绫幔，她立在绫幔之后，接着王献之的话题，与客人继续辩论。她旁征博引，逻辑严密，口若悬河，凭借着渊博的学识、敏捷的思绪，令在场宾客一一败下阵来，无不折服，众人赞她神情散朗，有林下风气。自此，谢道韫声名大噪，成为当时世人眼中的清谈高手，在文人辈出的魏晋时代留下了自己的风采。

（二）
巾帼一怒，血溅五步

"男怕入错行，女怕嫁错郎。"

谢道韫才貌双全，很受叔父谢安的宠爱。她成年后，因为父母早已过世，操持婚事的事情便落在了谢安身上。

东晋时期，作为当时的名门望族，王家与谢家有着"王与谢共天下"的名号。出于门当户对的考虑，谢安决定优先从王羲之的儿子之中进行挑选。经过多方物色，谢安最终选择王羲之的儿子王凝之作为谢道韫的丈夫。

按理来说，这是一桩强强联合的婚姻，谢道韫才华横溢，嫁到王家后自当如鱼得水。然而婚后不久谢道韫就发现，王凝之虽然出身王家，在书法一道上受其父王羲之指授，颇有可观之处，但与他的兄弟和谢氏一族的子弟相比，实在是才华平平。王凝之对诗词歌赋一窍不通，在政治上也是个迂腐无比之人，他还信奉五斗米教，沉迷占卜问道，夫妻两人根本没有思想上的共鸣点。

谢道韫身负才名，自然有些瞧不上这样的平庸之辈，便更加关注己身，丰盈内在。

公元399年，东晋王朝处于风雨飘摇之中，气数将尽，叛乱频生。五斗米教教主孙恩亦趁机率信众发动叛乱，从海上登陆，进兵会稽。时任会稽内史的王凝之手握军政大权，面对势如破竹的叛军却无动于衷，丝毫未筹谋御敌之策。部下劝王凝之早做准备，他却既不调兵，也不加强守卫，只在衙署大厅设了一个天师神位，每天在神前焚香诵经，虔诚祷告，然后告诉部下，自己已经请求祖师爷派天兵天将相助，让众人不必担心。

这般荒唐愚蠢的举动让谢道韫气极怒极，她多次劝谏，王凝之却鬼迷心窍一般置之不理，顽固地认为只要闭门祈祷道祖，就能保佑百姓不遭生灵涂炭。东晋最煊赫的世家王家竟然出了这样一位如此可笑的人物，当真讽刺至极。

靠人不如靠己，无奈之下，谢道韫亲自招集府上的数百家丁、丫鬟预备刀枪，每天勤加练习，以备强敌来袭。

很快，孙恩率叛军长驱直入，冲进会稽城。王凝之被杀，其与谢道韫所生的四子一女均未能逃脱！

谢道韫不愧为将门之后，面对如此灭门惨状，悲痛之后很快镇定下来，命令婢仆执刀仗剑，组成一支小小的突击队伍，乘乱突围出城。她横刀在握，怀抱年仅三岁的外孙，率领家丁与女眷奋勇杀敌，还亲自砍杀了数名贼兵，但终因寡不敌众被俘。谢道韫被带到孙恩面前后，孙恩以为那孩子是王氏子孙，便要斩草除根。为了保全外孙的性命，谢道韫大胆直言此子并非王家血脉，并以命相护。

孙恩早听说过谢道韫是一个才华出众的女子，如今见她勇敢决绝、大义凛然的样子，不免被她的无畏所折服，不仅没有伤害她，还以礼相待，命人将她和她的外孙安全送回了家乡。

谢道韫临危不乱，化险为夷，但失去至亲之人对她来说也是沉痛一击。回乡后，她一直深居简出，闲暇时写诗著文，过着平静的隐士生活，但绝非世人常言的那般凄楚孤独。

那时，会稽文风鼎盛，很多文人学子慕名前来请教，为此，她特于堂上设一帷幕，自己端坐其中，与求学者侃侃而谈。虽然未曾设帐授徒，但她实质上从事着传道、授业、解惑的工作，受益的学子不计其数，众人也皆以师道敬她。

迎接访客时，谢道韫仍如年轻时那般，仪容整洁，端坐帐中。交流之间，谈吐清新文雅、韵致高远，从家事到国事，畅叙幽情，应答如流。孙恩之乱平定后，新任太守刘柳前去拜访，见谢道韫谈及家世哀而不伤，面对问题义理通达，而且气质高迈，不失内心高贵，不由得敬佩不已，更言"内史夫人风致高远，词理无滞，诚挚感人，一席谈论，受惠无穷"。

晚年时，谢道韫曾登高泰山，将自己置身于广阔无垠的山水之间，写下了《泰山吟》。这首描写东岳景象的诗作，大气磅礴，笔力矫健，词气展拓，毫无阴柔脂粉气，甚有气势。

谢道韫一生最敬重"竹林七贤"之一的嵇康，倾慕他无所畏惧的高尚人格，因而还模仿嵇康的《游仙诗》写出了《拟嵇中散咏松诗》。她在诗中以"山上松"来比喻自己坚不可摧的意志，希望自己也能像嵇康一般，做个遗世独立、不受礼教世俗羁绊的人。

　　时至今日，谢道韫所著诗文多已散失，但从其留存的作品中仍能看出其不同流俗的巾帼之风。

　　生活对每个人来说都是艰难的。

　　有的人困于情爱，有的人困于家庭，有的人困于健康，有的人困于贫苦……

　　笼罩在阴霾之下的人生，似乎永远没有逃脱的可能。

　　可若将此作为一道辩题交于谢道韫，她大概会用自己的一生去论证一个观点——**无论身处何种境遇，都要勇往直前，活出自己的价值。纵使自己不能把控命运，也决不受命运摆弄。**

　　三分靠命运，七分靠打拼，谁能断言命由天定？

　　不因性别而失去对世界的关注，不因婚姻而失去对世界的探索，不因苦难而失去对世界的善意，不因年龄而失去对世界的好奇。

　　自强自立，绝不认命，在有限的生命中活出无限的风采，人生早晚会开出花来。

李清照

确立词体地位的『婉约之宗』

> 如果有人问，千古第一才子是谁？你可能一时难以回答。但若要问千古第一才女是谁，那就没什么争议了。
>
> 李清照，爱花爱酒，敢饮敢醉，敢爱敢恨，才情超凡、词作优美，既有巾帼之淑贤，更兼男儿之豪气。
>
> 万千史册中，如果说在政治上能与男人比肩的只有武则天，那么在文学上能与男人比肩的，就只有李清照。这"千古第一才女"的盛名，除了她，再没有人能承受得起。
>
> "词压江南，文盖塞北。"这枝萌发在宋代的花，凭着她的聪颖与傲骨、柔情与豪气，在中国文坛上千年的历史中大放异彩，当得起一句"千古风流"！

（一）

恣意疏狂的酒鬼才女

公元 1084 年，李清照出生于济南一个书香世家。她的父亲李格非是苏轼的学生，进士出身，官至提点刑狱、礼部员外郎，且藏书甚富；她的母亲也出身名门，有着良好的文学修养。自幼生活在文学氛围如此浓郁的家庭，李清照耳濡目染，又天生聪慧，因此少时便有诗名。

六岁时，李清照随父亲搬到汴京（今河南开封）生活，繁华的生活环境激发了她的创作热情，除了作诗之外，她在词坛上也崭露头角。十六岁时，李清照作《如梦令·昨夜雨疏风骤》，轰动整个京师，"当时文士莫不击节称赏，未有能道之者"，这篇词作也被后世广为传诵。

年少轻狂，又才华横溢，少不得要锋芒毕露。十七岁时，李清照得识"苏门四学士"之一的张耒，并作诗《浯溪中兴颂诗和张文潜二首》，大胆评议兴废。一个初涉世事的少女，竟对国家社稷表达出如此深刻的关注和忧虑，引得世人为之侧目。

小小年纪就成了词坛新秀，不少眼红之人很是嫉妒，说她根本不懂写词，她的作品不过闺怨闲情，难登大雅之堂。李清照可不惯着，当即发表了一篇《词论》，指名道姓、直言不讳地历数众名家之短。她说苏轼不协音律，说柳永遣词落俗，说晏殊写词太直接，说王安石根本不会写词……寥寥千字，提及十六位北宋词坛的巨星，总结下来只有一句话：都不怎么样。

词在文学史上的地位其实一度比较尴尬，相较于诗的文雅，词最初多用于娱乐，更注重"情"的抒发，因而词似乎天生就比诗低档，词也因此被称作"诗余"。但在这篇杂文中，李清照彻底把词从诗的阴影下拯救出来，提出词"别是一家"，不应该和诗文放在一起赏析讨论，因为它是一种全新的体裁，必须单独认真地对待，同时，她根据词的特点，系统地阐述了优秀词作的创作标准。

此文一出,立刻引起轩然大波。

有人说她"卓有见地",有人说她"狭小尖刻"、不能容人,更多的人批评她"妄评诸公",却没人能说她说得不对。而这篇撑遍天下词人的杂文,为词的发展起到了巨大的推动作用。

看她在词之一道上如此狂傲,便知生活中的李清照也并非传统意义上的大家闺秀。作为一个地道的山东姑娘,除了直言敢言,李清照还喜欢喝酒,是个名副其实的酒鬼。

在她的词集《漱玉词》中,"醉"和"酒"这两个字不知出现了多少次,她平生一半的词作都与喝酒有关——

泛舟游湖,饮酒怡情,她写"常记溪亭日暮,沉醉不知归路";黄昏时分,赏菊作乐,她写"东篱把酒黄昏后,有暗香盈袖";感叹时光,借酒消愁,她写"醉里插花花莫笑,可怜春似人将老"……

可以说,酒就是她的灵感来源。

（二）
敢爱敢恨的词国女皇

十七岁那年，李清照出门游玩，结识了高官之子赵明诚。

赵明诚出身名门，却无半点纨绔子弟习气，因从小喜爱金石字画，有"汴京第一金石学家"的美称。

一个"窈窕淑女，君子好逑"，一个"谦谦君子，我亦向往"，两人一见钟情，很快便坠入爱河。

公元1101年，李清照与赵明诚在汴京成婚，生活虽然清贫，却和谐有趣。李清照精通赌术，十赌九赢，经常在家中与赵明诚以典故为赌注，因记忆力出众，李清照时常获胜。这些生活趣事后来还成了"赌书泼茶"的典故。

赵家家底深厚，藏书相当丰富，可这些对于李清照、赵明诚来说，远远不够。为此，赵明诚进入仕途后，两人依然生活俭朴，并立志"穷遐方绝域，尽天下古文奇字"。

公元1107年，蔡京复相，赵家因为党争被夺官，李清照便随赵家回了青州，自号"易安居士"，开始了屏居乡里的生活。其间，李清照帮助赵明诚辑集整理《金石录》，并为此书题序，神仙眷侣般的生活羡煞无数人。

"靖康之变"后，家国飘摇，动乱不断。公元1129年，建康城内发生兵变，当时在此地为官的赵明诚在得知消息后，担心被战火波及，竟然弃城而逃。

身为女子，李清照虽然不能亲临沙场，但也从未置身事外，一直关心着朝局。在跟随丈夫流亡路过乌江时，想到多少年前楚霸王拔剑自刎的情景，再看看丈夫如今的行为，她忍不住心生愤怒和轻蔑，更为那些深受压抑的抗金志士扼腕不平。

生当作人杰，死亦为鬼雄。

至今思项羽，不肯过江东。

一首诗，二十个字，她豪情吟诵，明里暗里将赵明诚和那些同样惜命逃跑的南宋君臣骂了个痛快。

同年，赵明诚在赴任途中患病身亡。处理完丈夫的身后事，李清照大病一场。国势日急，为了保存丈夫遗留的文物书籍，李清照决定带着这些东西继续向南。一路流亡，那些图书文物却散失殆尽。李清照悲痛不已，生活也陷入了绝境，身心憔悴。时任右承务郎的张汝舟在此时走到了她的身边，对她照顾有加，并娶她为妻。

李清照本以为至少可以就此安度余生，却没想到张汝舟根本是狼子野心，娶她，不过是觊觎她的那些珍贵收藏。但她将那些东西视若生命，怎么可能拱手相送？张汝舟见无法得手，便时常对她拳打脚踢。

李清照不甘心这样度过晚年，便计划离婚。彼时宋代法律规定，妻告夫要判处两年徒刑，为了重获自由，李清照甘受牢狱之苦，暗中收集了张汝舟营私舞弊、骗取官职的罪证，终于得以离婚。

在亲友的帮助下，李清照被关了九天就得以出狱。纵使经历了一系列灾难，李清照也没有自此意志消沉，反而从个人的痛苦中解脱出来，把眼光投到对国家大事的关注上，创作热情更趋高涨。

公元1134年，李清照完成了《金石录后序》的写作。

11月，李清照为《打马赋》及《打马图经》作序，借谈论博弈之事，引用大量历史典故和英雄事迹，大力赞扬了像桓温、谢安等忠臣良将的智勇，并借此讽刺朝廷不思抗敌、偏安一隅的懦弱无能。

公元 1135 年，李清照作《题八咏楼》一诗，感叹山河破碎，其"江山留与后人愁"之句，惆怅之中又兼豪情，堪称千古绝唱。

公元 1136 年，李清照由金华（今属浙江）返回临安（今浙江杭州），此后一直居于临安，并于公元 1155 年悄然去世。

如果你要问，女性应该是什么样子？温柔、美丽、脆弱、善解人意？李清照会回答你："女性"从没有固定的形容词。

你可以能力出众，让其他人都在你的光芒下相形见绌。

你可以直言快语，看不过眼就勇敢开撑，将"委曲求全"抛之脑后。

你可以敢爱敢恨，喜欢的时候毫无保留，被伤害了就绝不回头。

你可以是细腻的、感性的，也可以是叛逆的、霸道的。拥抱勇气，掌握底气，以任何你期待的样子，去红尘俗世"兴风作浪"，你的一生，只有你自己可以定义。

卓文君

以才情写就千年爱情颂歌

民国初期，随着西方思想的涌入，婚姻自由思想获得蓬勃发展，顶着"离经叛道"的名头脱离包办婚姻、追求婚姻自由的新潮男女不在少数。可要追溯这追求婚姻自由的第一人，恐怕要属有着"中国古代四大才女之一"名号的卓文君。

在中国封建社会，男婚女嫁是人伦大事，须遵循父母之命、媒妁之言，讲究门当户对。这一点，即使是现在仍是无数人追求幸福的阻碍。然而这位西汉有名的才女，却在几千年前就实打实地向封建制度发起挑战，并冲破樊笼，勇敢追求到了自己的幸福。

（一）
豪门千金为爱私奔

卓文君，原名文后，生于公元前 175 年西汉王朝的一个冶铁世家，她的父亲是四川临邛巨贾卓王孙。到了卓王孙这一代，由于经营得法，社会安定，卓家已成巨富，拥有良田千顷、家奴八百、华堂绮院、高车驷马、金银珠宝，不可胜数。

作为家中独女，卓文君自幼衣食无忧，卓父更是对她极尽宠爱，不仅请了最为出名的琴师教习乐理，更是让她像普通男儿一样跟着老师识字读书。卓文君姿色娇美，且冰雪聪明，自幼通音律、善抚琴，诗词歌赋样样精通，人人都知道卓家有一位容貌美丽又才学出众的女儿。

卓文君幼年时曾与一官宦子弟定亲，成婚后，也算是拥有过一段美满的婚姻，可惜婚后不久，她的郎君便英年早逝。卓文君年纪轻轻守了寡，觉得生活甚是无趣，便选择返回娘家独居。

正逢卓家受县令邀请广开酒会，请来了不少当时的名门望族，卓文君听说大名鼎鼎的司马相如会来参加，便躲在一旁，打算一睹其风采。

酒会上，司马相如虽然衣着朴素，容貌却十分俊美，众人见之，当即暗藏欣赏，卓文君也不例外。司马相如亦早听过卓文君的芳名，酒会上见其窥视，便佯装不知，借众人请他以琴助兴之际，弹奏了一曲《凤求凰》。

"有一美人兮，见之不忘。一日不见兮，思之如狂。凤飞翱翔兮，四海求凰。无奈佳人兮，不在东墙。"琴音如泣如诉，缠绵悱恻，在场的客人无不为之动容。卓文君本就极善音律，此时更是琴音入心，对他一见钟情。

宴会之后，司马相如以重金赏赐卓文君的侍女，请求其转达倾慕之情。卓文君早被琴音搅乱了一池春水，收到对方同样爱慕自己的消息，当即将封建礼教抛诸脑后，趁夜出逃，私会司马相如。两人相见后，互诉衷情，而后急忙赶回成都。

司马相如虽有才名,却时运不济,不得重用,家徒四壁。卓王孙得知女儿私奔之事后大怒,扬言要断绝父女关系,不会给她一文钱。

卓文君并未因此放弃自己的爱情。为了改善生活,她劝告司马相如同她返回临邛,然后将自己的车马全部卖掉买了一家酒舍,放下豪门贵女的架子,当街卖起了酒。

在当时,为爱私奔本就为世人所不容,卓文君的这一举动,更是被当成了"私奔没有好下场"的真实案例。然而卓文君毫不退缩,依旧大大方方垆前卖酒,司马相如则与雇工们一起操作忙活,在闹市中洗涤酒器。

在卓文君的坚持下,心疼女儿的卓王孙选择了屈服。他给了卓文君家奴一百人、钱一百万,以及她出嫁时的衣服被褥和各种财物。战胜了固执保守的父亲,文君同司马相如再次回到成都。

（二）
两首诗扭转乾坤

汉景帝时，司马相如曾用钱捐了个官职——汉景帝的武骑常侍。因病退职后，他前往梁地，做了梁孝王的宾客。在这期间，司马相如为梁王写了那篇著名的《子虚赋》。可惜景帝不好辞赋，司马相如也没能借此得到景帝的赏识。

景帝去世后，汉武帝刘彻继位。汉武帝看到《子虚赋》后非常喜欢，当即召司马相如进京。随后，司马相如又作《上林赋》，并因此被汉武帝封为郎官。

卓文君本以为丈夫得了重视，生活会越来越好，不承想位高权重、声色犬马的生活日渐吞噬了司马相如。他慢慢冷落了她，甚至想要将一名年轻貌美的女子带进府中为妾。终于，某日，卓文君收到司马相如送来的一封十三字信："一二三四五六七八九十百千万。"

卓文君文采斐然，读过信后当即明白了司马相如的意思——这一行十三个数字中,唯独少了一个"亿"。无亿,无意,司马相如是在暗示他对自己已没有了往日的情分,曾经的患难与共、情深意笃,早已被忘却。

卓文君心凉如水,却没有哭天抢地,而是不卑不亢、成熟冷静地写下了一首《白头吟》,直言自己所求的是一心一意的爱人、真挚专一的感情,若是对方怀有二心,自己必当决绝离去,绝不纠缠,更表明做人应重情义,不能背弃真心。随后,她又附上一篇《诀别书》,给他们的爱情和婚姻留足了体面。

司马相如收到卓文君的信后,不禁惊叹于她的才华,遥想起昔日夫妻恩爱之情,更是羞愧万分,从此不再提休妻纳妾之事。而卓文君见司马相如认错态度良好,回忆起夫妻二人的恩爱点滴,就此原谅了他。最终两人白首偕老,安居林泉。

随着社会观念的不断变化,婚姻自由已经成为人们追求幸福的重要权利。然而当下,许多年轻人仍然面临着来自家庭和社会的双重压力。

一方面，现代社会的生活压力使得人们更加注重自身的经济状况和生活质量，在不断提高对于婚姻的期待和要求的同时，也为婚姻带来的经济负担和责任感到担忧。另一方面，受传统观念影响，许多父母认为结婚和生育是人生必须完成的大事，子女不婚或者晚婚都牵扯到面子问题，因此花式催婚。

在这样的情况下，年轻人对爱情和婚姻越来越抗拒，甚至可能为了满足父母的期望而选择不适合自己的伴侣。婚姻自由对他们而言，只是一句口号。"愿得一心人，白头不相离。"几千年前卓文君写下的这句诗，本是无数渴望爱情的人的愿望，但如今，似乎更像是奢望，甚至有人开始打着"智者不入爱河"的旗号妖魔化爱情。

但爱情本身没有错，追求婚姻自由更是我们应有的权利。

我们当然可以将"追求真挚的爱情"这一目标稍稍挪后，首先专注自身和事业的发展，但不能因此就放弃去爱人的权利和机会。我们要做的，应当是如卓文君一般，带着一颗坚定不屈的心，勇敢、独立、热烈地去生活，敢爱敢恨，绝不退缩。

顾太清

续写《红楼梦》的大清女词人

" 纵观中国几千年文坛，基本都由男性统治，出名的女作家可谓凤毛麟角，更多的女性即便才华满腹，也只能被困在深闺之中，无人知晓。

明末清初时，一部分性格大胆的女子开始走出闺房，结社吟诗，抒发自己内心丰富的情感，顾太清就是其中的一员。

她曾与当时京师的满汉才女结集"秋红吟社"，联吟诗词，在中国女性文学史上留下了一道亮丽的风景。

她晚年续写《红楼梦》，文采见识，非同凡响，成为中国小说史上第一位女性小说家。

世人总说"红颜多薄命"，她却为后人展示了女子异样的风采。"

（一）
满洲第一才女

　　顾太清，出身西林觉罗氏，名春，字子春，一字梅光，号太清，满洲镶蓝旗人。她的祖父是清代有名的大学士鄂尔泰的侄子鄂昌，1755 年，祖父卷入文字狱要案，被判自尽，抄没家产。鄂昌一系在政治、经济上遭到严重的挫折，家中由此败落，家中之人也再不能做官，但家学从未中断。

　　太清出生后，因是家中长女，长辈很看重她，从未耽误对她的教导。祖母在她三四岁时便教她认字读书，到了六七岁，家中便为她专门请了老师，教她诗词文化。十一岁时，太清父母双亡，流落江南，家在苏州的姑父和姑母接过了抚养她的重任。

　　康乾之后，用汉文写诗作词在有钱有闲的满洲贵族们之中成为一种风气，勋贵之家也乐于让家中子弟学习汉诗。太清是女子，不必为科考赴试而死读书，加上姑父本就是汉族学士，精通诗文，因此，太清从小就接受诗词的教育，专攻诗词歌赋。

在江南青山秀水的滋养下，长大后的太清生得身材苗条，雪肌滑肤，眼眸水亮，虽为旗人，却更似地道的南国佳人。她待人诚信，又不见贵族纨绔子弟的骄矜习气，加上天资聪颖、才气横溢，填得一手好词，名气直逼"清初第一词人"纳兰性德。

太清的诗词深得宋代诸多诗词名家的奥义，有人评价"其词气足神完，信笔挥洒，直抒胸臆，不造作，无矫饰，宛如行云流水，纤毫不滞，丝毫没有朱阁香闺情切切、意绵绵，吟风弄月之习。"

她也从不摆"唐模宋轨"的架子，著作诗词全凭才气，端的是一派潇洒自如的风流态度。其诗词所涉题材也非常之广，极能反映真实生活情态，在江南闺秀文坛中堪称魁首。时人读过她的诗词后，都惊叹于这样新颖精巧的诗词竟然出自一名贵族小姐之手。

这样惊才绝艳的女子，想不招人喜欢都难。

爱新觉罗·奕绘是乾隆第五子永琪的孙子，生长于文化氛围浓重的宗室之家，自幼博学多才，十二岁便能作诗，对中西文学都十分精通。奕绘与太清两家本就有着不近不远的姻亲关系，故而早年便有所往来，太清家离奕绘的府邸也很近。多年后，奕绘南下至苏州，再次遇到了太清。

太清本就生得美丽，又有才名，相处之下，奕绘渐生情愫。正所谓"窈窕淑女，君子好逑"，为了追求太清，奕绘写了大量情诗，还编成了《写春精舍词》。

太清虽然动心，但她身为罪人之后，身份有违规制，按皇室规定是无法嫁于宗室子弟的。无奈之下，奕绘求助于王府护卫，最终将太清以二等护卫顾文星之女的身份呈报宗人府。皇家玉碟之上，太清被记为顾氏，自此太清便以顾姓名世。

婚后，二人情谊甚笃，婚姻美满，太清也迎来了她的创作盛期，单《天游阁集》中便汇集了她上千首精妙绝伦的诗词，展现了其深厚的文学造诣与独特的艺术风格。其中，《天游阁集》多以诗句寓意遨游天地之豁达，《东海渔歌》则多咏花、题画、记游、观景及描摹身边现实生活之作。后人谈起太清，曾赞"**满洲词人，男中成容若，女中太清春**"。

除诗词外，顾太清还能书善画，其"书法秀丽超逸，与其词、画并称'三绝'。"虽然为爱改姓，但她从不做仰人鼻息者，也不委曲求全，而是更加拼命地修炼内功，用一身才气换他人倾心相待。

（二）
一番磨炼一重关，悟到无生心自闲

嫁入高门，夫妻恩爱，儿女绕膝，又有才名在身，按说顾太清的人生也是极尽美满，可惜的是，这份美满并没能延续一生。

1838年，年仅四十岁的奕绘溘然长逝。顾太清原以为自己可以守着儿女和诗词安稳度过后半生,不想却再度沦落市井。

史料记载中,顾太清因为与婆婆相处不融洽,所以离开王府别居。当然,也有传闻说她是因为与龚自珍闹出了一段绯闻,被驱逐出王府的。

据传,顾太清守寡的第二年,杭州一个风流文人陈文述大倡闺秀文学,因此收了许多喜欢诗词的女弟子。某天他兴之所至,决定为埋骨于西湖之畔的几位女子重修墓园。为了共襄此举,女弟子们纷纷作诗赞颂此事,陈文述将这些诗全部收录起来,结集成册,取名《兰因集》,刊印发行,想要借此扬名。

得知自己的儿媳汪允庄和当时大名鼎鼎的顾太清曾是闺中密友后,陈文述便让汪允庄去向她求一首诗,好收入集子当中,为诗集增色借势。汪允庄因此特意从苏州赶到京城拜访顾太清,请她赠诗。然而顾太清对这类故作风雅的事情根本不屑一顾,汪允庄只得悻悻而回。

未承想,陈文述邀诗不成,竟擅作主张,以他人之诗署太清之名,以假作真,还在诗集刊行之后,特意托人送了两本给顾太清。顾太清觉得此事太过荒唐，便回赠了一首诗，讽刺他庸俗卑劣的行径。陈文述见到诗后恼怒非常，却又无可奈何。顾太清以为这件事就这么过去了，却不想为后来留下了隐患。

伴随着时间的推移，顾太清渐渐走出了丈夫离世的苦闷心境，恢复了与京中文人雅士的诗词交往，其中，她最欣赏的便是当时凭借一首《己亥杂诗》名扬天下的大文豪龚自珍。丈夫死后，她自觉人生已然走向落幕，余生当悉心栽培儿女，无怨无悔，而龚自珍那句"落红不是无情物，化作春泥更护花"就是她当时生活的真实写照。

龚自珍身处闲职，于是与顾太清多有往来，但两人都是品性端庄肃洁之人，又是以诗词会友，别人也没什么闲话可说。后来，龚自珍写了一首诗递给顾太清品析，谁知此事被当时身在京城的陈文述知道了，他便借这首诗谣传龚自珍与顾太清月夜幽会。流言蜚语纷纷袭来，顾太清有口难辩，最终无奈离开王府，在西城养马营租了几间破旧的屋子安置己身。直到二十年后，她的孙子承袭爵位，她才重归王府。

当年真相究竟如何已无法确认,但可以肯定的是,在离开王府的那段生活里,顾太清的心得到了超脱,她开始能够安详地对待一切苦难,相信只要心定气闲,繁华和清贫也没有多大的区别。

"一番磨炼一重关,悟到无生心自闲。探得真源何所论,繁枝乱叶尽须删。"万般心境,尽在此诗。

晚年时,顾太清续写小说《红楼梦》,取名《红楼梦影》。《红楼梦》问世之后,续书多达三十余种,不算高鹗的续本,光清朝时期就有十三部,《红楼梦影》是其中最好的两本之一,太清也因此成为中国小说史上第一位女性小说家。

在《红楼梦影》中,顾太清写宝玉离家出走后,被贾政寻回,进了衙门当差,还和宝钗生下一子。在林黛玉二十岁冥寿时,宝玉前去潇湘馆祭奠,二人在梦中再次相见,梦醒后,方知前番一切痴缠爱恋,不过镜中花、水中月,可望而不可即,不禁怅然。

该书对官宦豪族的日常生活描述细腻,文笔明快流畅,清新雅致,且一改其他续书大团圆的滥俗模式,以一梦为了结，构思十分新颖，放到今日，当是一众读者最爱的 BE（悲剧结局）文学作品。1877 年，此书印行出版后，也成为众多《红楼梦》续书中最受欢迎的一部。

1876 年，顾太清以七十九岁的高寿善终，一代奇女子就此谢幕。

中国历史上，有太多红颜薄命的故事，如西施，如杨贵妃。

难道女性真的只能逆来顺受吗？

也许从顾太清的一生中，我们会发现不一样的答案。

人生如梦，沉浮难定。

面对命运，她哀而不怨，宠辱不惊，看淡世事沧桑。

面对爱情，她爱而不惑，不做男人的附庸，而是以精神世界与对方并肩前行。

面对失去，她失而不溺，没有无谓地消沉，而是给自己注入更大的力量，以更激昂的姿态去实现自己的人生价值。

"侬，淡扫花枝待好风。瑶台种，不作可怜红。"

别做温室里娇弱的花,去牢牢掌握自己人生的船舵吧,即便陷入生活的泥泞,也努力将粗粝的沙石孕育成珍珠,闪耀出生命中最精彩的光芒。

乱世佳人

第二卷

吕碧城　　郑毓秀　　林徽因
何香凝　　唐瑛　　　张幼仪

吕碧城

开创女子教育新格局

> 民国四大才女，说的是吕碧城、萧红、石评梅、张爱玲。
>
> 而这四人当中，吕碧城排在第一位。
>
> 她骂过慈禧，当过大学校长，做过袁世凯的秘书，与秋瑾并称"女子双侠"，被誉为"近三百年来最后一位女词人"。
>
> 她才貌兼具，气质出众，穿衣打扮尽领时代之先，是20世纪初中国文坛、政界、商界、学术界乃至整个社交界独一无二的明星。
>
> 早在一百年前，她就超越世人，向前迈了一大步。
>
> 时至今日，她仍是一段光芒四射的传奇。

（一）
夜雨谈兵，春风说剑，冲天美人虹起

吕碧城出生于清末安徽的一户书香人家。她的父母都出身官宦世家，极其重视教育，幼时便鼓励并指导她学习。吕碧城天赋异禀，又生长在这样的环境下，小小年纪便才华涌现。

五岁时，吕碧城与父亲一起外出踏青游玩。父亲见景色秀丽，吟出一句"春风吹杨柳"，她几乎不假思索，当即续上一句"秋雨打梧桐"，自此名动一方。世人评价她"自幼即有才藻名，善属文，工诗画，词尤著称于世。每有词作问世，远近争相传诵"。

但这样美好的时光并没有持续太久。

十二岁那年，吕碧城的父亲突然病逝，她没有兄弟，

族人便以家产须由男子继承为由，意图谋夺吕家家产，并幽禁了她的母亲和妹妹。彼时身在北京的吕碧城虽然心中焦急，却临危不乱，立马写信给父亲生前的密友、学生寻求帮助，虽几经波折，好在最终救出了母亲和妹妹。

不过，吕碧城这番操作可吓坏了此前议亲的夫家。他们认为吕碧城小小年纪便能搅弄风云，不是能安分守己、当个贤妻良母的人，更担心她个性太强，自家拿捏不住，于是提出退婚。在那个年代，被退婚对于女子来说是奇耻大辱，可吕碧城还是答应了退婚。

1896年，吕碧城在母亲的要求下前往在天津塘沽做官的舅舅家，在那儿生活了七八年。只是，寄人篱下的日子终究是不好过的。

20世纪初，当时的直隶总督袁世凯急于兴办天津女子学堂。吕碧城得到消息后，向舅舅表达了自己想要前去探访女学的想法，却遭到了舅舅的严厉反对，被骂不守妇道。吕碧城气愤之下，什么行李都没带，只身前往天津。所幸，她在火车上遇到了她的贵人——"佛照楼"旅馆的老板娘。

解决了临时住宿问题，身无分文的吕碧城开始思索自己的出路——她想起舅舅官署中的秘书方君的夫人正住在《大公报》报馆，于是修书一封，求助方太太。机缘巧合之下，这封信出现在了《大公报》创始人英敛之的办公桌上。英敛之被吕碧城的才华与志向所折服，于是亲自拜访。问明情由后，他对她的胆识也十分赞赏，当即力邀她出任当时有"华北第一报"之称的《大公报》的编辑。

就这样，吕碧城成了中国新闻史上第一位女编辑。

入职《大公报》后，吕碧城先后发表了《满江红·晦暗神州》《舟过渤海偶成》等众多诗词作品。这些作品格律谨严，文采斐然，一时间，"绛帷独拥人争羡，到处咸推吕碧城"。

1907年，秋瑾于绍兴罹难，中国报馆"皆失声"，更是无人敢为秋瑾收尸。吕碧城得到消息后，冒着被捕的风险，与秋瑾的同伴设法将遗体偷出，这才让一代女侠得以入土为安。随后，吕碧城在国外报纸上用英文发表了《革命女侠秋瑾传》，引起巨大反响。

（二）

办女校，当校长，开创女子教育新格局

1860年天津开埠后，以自然科学和实用技术为核心的西方教育模式潜移默化地传入天津。伴随着西方民主思想的不断输入，中国女性开始觉醒。

1904年，清政府迫于压力，颁布《癸卯学制》改革教育体系，却仍然把女学排除在外，认为"中国此时情形，若设女学，其间流弊甚多，断不相宜"，并以此反对女学兴起，维护"三纲五常"和封建男权。而在吕碧城看来，女性运动的兴起恰恰证明了男女不平等的社会现状。

为了改变世道对女子的不公，吕碧城以笔为工具，发表了《论提倡女学之宗旨》《敬告中国女同胞》等一系列文章，倡导女子拥有平等接受教育的权利，认为中国要想成为强国，就必须四万万人合力，而其中两万万女子的力量是决不能被忽视的。必须解放妇女、男女平权，才能挽救国之万一。激烈的文字一次又一次冲击着千年以来"女子

无才便是德""三从四德""女诫女训"的陈腐观念，一时间震动京津。

然而，只靠文章是无法真正改变社会的，想要开创新格局，就必须将自己所思所想落到实处。为了实践自己的理论，吕碧城开始积极筹办女学，遍访在津名流，着手筹资、选址、建校等工作。

1904年10月，北洋女子公学正式成立，吕碧城出任总教习。

针对中国女性数千年来身体被摧残、心灵被桎梏、智识不开明的状况，吕碧城提出了让学生在"德、智、体"三方面全面发展的教学理念。其中，尤以对"德"的认识最为新潮。

吕碧城深知，在此之前，"世每别之曰女德，推其意义，盖视女子为男子之附庸物，其教育之道，只求男子之便利为目的"。而自此之后，她期望所有女子都可以"习有用之学""具强毅之气"，拥有自由选择生活的权利。

1908年，吕碧城正式出任该校监督（即校长），开创了近代教育史上女子执掌校政的先例。这一年，她二十五岁。

从教习提任到学校的校长，吕碧城在这所当时女子的最高学府待了足有七年之久。她希望她的学生将来也能致力于教育和培养下一代，为建设一个文明社会尽各自的力量。而在此学习的许多学生，也都在后来成了中国杰出的女权革命家、教育家、艺术家。周恩来的夫人邓颖超也曾经在这里亲聆吕碧城授课。

（三）
超前的灵魂，配得上才、貌、钱三全

1912年，"中华民国"成立，北洋女子公学停办。

袁世凯在北京登上中华民国临时大总统的宝座，不久后，吕碧城出任大总统的公府机要秘书，这是当时中国女性所能坐上的最高职位。她壮志凌云，希望用自己的力量

影响世人,济世救民,一展抱负。不承想,1915年,袁世凯倒行逆施,意图称帝,吕碧城对此憎恶至极,愤然离职。

官场生活虽然终结,但吕碧城并没有从此停止自己的脚步。在国人还在以西方生活方式为荣的时候,**她就开始摸索着赚老外的钱了。**

《游庐琐记》中记载,吕碧城曾与一个德国茶商同去庐州,因为她的家乡徽州产茶,她就请对方喝家乡的茶叶。对方喝了,啧啧称奇。

她从对方的惊叹里察觉出一丝商机,第二天就带着德国人前往徽州,从土质到空气考察了个遍。德国人当即和吕碧城签下协议,由她负责收集茶叶,对方负责把茶叶带回德国出售。更别出心裁的是,茶叶的包装上还配上了她的照片和几首小诗。**这样的营销策略放在现代也绝不过时!**

移居上海后,吕碧城与外商合办贸易,同海外巨商角逐股票市场,短短几年就积聚起丰厚的财富,在上海静安寺附近建起了自己的洋房别墅,成为名副其实的才、貌、钱三全的富婆。而作为社交界惊才绝艳的名媛，吕碧城特立独行，装扮大胆，从不在意他人指指点点，反叛精神十足。其新派的生活方式在当时引领了一阵风潮。

这样完美的生活称得上十足惬意，吕碧城的友人却始终担心她的婚事，纷纷为她撮合，然而吕碧城全都拒绝了。她直言能让自己看得上的男人没几个，男人和婚姻也从不是女性的全部。她终其一生都坚持独身主义，尽情享受着凭借自己的智慧和努力所获得的一切。

1918年，吕碧城前往美国，就读于哥伦比亚大学，学习英语和美术，同时兼任上海《时报》特约记者，在欧美上流社会出入自如。

1926年，她再度只身出国，漫游世界，给自由女神像写《金缕曲》，给凡尔赛宫写《八声甘州》，还将所见所闻写成了书，取名《欧美漫游录》，内容包括订票、寄存行李、选择旅馆的注意事项等诸多细节，**堪称一百年前的欧美旅游攻略大全**，一经出版便非常畅销。

1943年，吕碧城临终前留下遗嘱："遗体火化，把骨灰和面粉为小丸，抛入海中，供鱼吞食。"

这样的离开方式，惊世骇俗；这样超前的灵魂，自由洒脱；这样广而深的生命，在百年之后仍令无数人望尘莫及。

"女性受教育程度越高，结婚率和生育率往往也就越低。"

从前看到这种说法的时候，总觉得哪里不对，却说不出原因。如今看来，早在一百年前，吕碧城就已经给出了答案——**女性是否接受教育与女性是否愿意结婚，从来都是不可挂钩的两个话题！**

女性之所以要接受教育，是为了培养独立精神，让自己拥有获得平等和真理的实力。

女性的价值也从不在于结婚生子，那只是她们一生中最不值一说的微末议题。

她们可以充分发展自己的事业，可以忠于自己不愿将就的内心，可以到处旅行丰富视野，可以做一切她们想做的事情，尽情选择和掌控自己的人生。

吕碧城所迈出的一大步，直到今天依然启发和引领着我们。也许没有人能成为第二个吕碧城,或者说,其实你根本不必去成为第二个吕碧城,只需沿着她走过的道路,像一只迅猛的豹子,勇敢地、清醒地、热情地、毫不妥协地不断向前,这样的一生,便足够精彩纷呈。

郑毓秀

为保障妇女之权益学法立法

> 在中国历史的群芳谱里，才情出众的女性多如繁星，其中，有一位拥有诸多"第一"的女中翘楚，她的人生用"传奇"二字也无法概括。
>
> 她，就是郑毓秀。
>
> 她是中国第一位女博士、第一位女律师、第一位女性法院院长、第一位女性审检两厅厅长、第一位政法学院女院长、第一位民间女外交家、第一位女性省级政务官员，是唯一参与起草《中华民国民法典草案》的女性，同时，还是位不折不扣的女刺客。
>
> 她天生反骨，敢于打破一切传统禁锢。
>
> 她自由激烈，敢于为国抛头颅、洒热血。
>
> 她那无与伦比的才华和勇气，让她成为当时乃至今日女性的榜样。

（一）
从千金小姐到名媛杀手

1891年，郑毓秀出生于广州新安一个封建官僚家庭，她的祖父富甲一方，父亲也在户部任职。郑毓秀自幼在传统伦理的熏陶下成长，尽管名叫"毓秀"，性格却与家中长辈的期待相去甚远。

她是一位叛逆少女，虽然自幼学习儒学，研读四书五经，但对封建礼教视如敝屣；六岁时，祖母强行给她裹脚，但郑毓秀坚决反抗，直言即使嫁不出去也不裹脚。在付出了几道瘀青、嗓子喊哑和几晚睡眠不足的代价后，郑毓秀赢得了第一场为自由而战的抗争。

十三岁那年，郑毓秀的家人为她订了婚事，对方是两广总督岑春煊的儿子。郑毓秀不愿意接受这种被安排的婚姻，因此一哭二闹三上吊。眼见家中长辈没有妥协，她决定想办法让对方主动退婚。

郑毓秀偷偷给岑家写了一封信，并在信中表达了自己不愿嫁给对方的决心，建议对方主动退婚。在传统的婚姻观念中，男方退婚不足为奇，女方退婚却是少之又少，因此，这封信引起了轩然大波。不过郑毓秀不在乎，因为她如愿以偿，最终成功退婚。

作为清朝衰落的见证者和新潮思想的追逐者，郑毓秀十分渴望成为革命队伍中的一员。当时的日本是中国革命者的聚集地，于是十六岁时，郑毓秀踏上了赴日之旅。在日本，郑毓秀见到了廖仲恺和何香凝这对夫妇，并在他们的介绍下加入同盟会。从日本回国后，郑毓秀便开始了她的革命生涯。

郑毓秀凭借父亲身份特殊，送往郑家的邮件不需要经过审查这一点，成为负责收发同盟会文件和信函的联络员。与此同时，她精通外文，又有着富家千金的身份加持，很快成了当时天津著名的交际花。靠着自己的机智勇敢和在社交界的名气，她多次为革命人士运送军火、传递情报。

为了推翻清朝的封建统治，郑毓秀还先后参与了三次声势浩大的刺杀行动——

第一次,她冒着风险为革命人士运送爆炸物,提供武器。

第二次,她参与刺杀袁世凯,虽未成功,却打压了袁世凯的嚣张气焰,事后还设法营救出了七名革命人士。

第三次,她周密布局,成功刺杀清廷大臣良弼,加速了清朝的灭亡。

郑毓秀因此声名大振,被誉为"民国第一女刺客"。

1919年,中国作为"一战"的战胜国,参加了在巴黎凡尔赛宫召开的巴黎和会。在巴黎留学的郑毓秀被任命为巴黎和会中国代表团成员,并作为翻译,负责联络和发布新闻等工作。

彼时,北洋政府软弱无能,所谓"和会"不过是一场分赃大会。郑毓秀在会议上目睹了英、法、美、日等列强强占山东半岛的全过程,无法忍受这样的侮辱,于是迅速将消息传回国内。由此,北京的青年学生联合各界人士发起五四运动,点燃了全国人民的爱国激情,借此给北洋政府施压。

《凡尔赛条约》签约前夕,眼见北洋政府迟迟无所作为,郑毓秀组织数百名中国留学生和华侨工人,包围了中国首席代表陆徵祥的下榻地,她作为代表,要求陆徵祥拒签合约。而此时,北洋政府已经决定继续妥协,陆徵祥则以"旧病复发"为由回避责任。

据传,当时郑毓秀急中生智,在花园里折了一枝玫瑰藏在衣袖中,以花作枪,顶住了陆徵祥的脑袋,这才让他以缺席巴黎和会的方式,拒绝了在合约上签字,郑毓秀也因此被誉为"玫瑰女侠"。

因为没有中国代表的签字,不平等合约未能生效,中国因此保留了山东半岛的基本权利。而这一行为,也开创了各国在国际舞台上大胆抗争的先例。

(二)
为保障妇女之权益学法、立法

1912年,北洋政府颁布的《律师暂行章程》中明确规定，律师应为"中华民国之满二十岁以上之男子"，也就是说，当时的女性并不被允许从事律师工作。但郑毓秀认为，只要具备充足的才学，任何人都可以成为律师，并坚信，只有精通法律的人，才能在未来的民主政府中真正保护民众的权益。

1914年，二十三岁的郑毓秀前往法国巴黎学习法律，并在二十六岁获得巴黎大学法学硕士学位后，加入了法国律师协会，成为第一个加入该协会的中国人。

1925年，郑毓秀获得巴黎大学法学博士学位，成为中国历史上第一位女博士。

回国后，她和留法同学魏道明在上海法租界合伙开设了"魏郑联合律师事务所"，开中国女律师之先例，也为后来的女性律师开辟了新天地。

留学海外的经历让她深受西方民主思想的影响。她坚信男女平等，认为女子不应被家庭束缚，希望有更多的女性觉醒，像她一样掌握自己的人生，因此在后续的法律实践中，郑毓秀主要负责处理女性离婚案件。她一直主张兼顾当事人的急务与长久幸福，大力帮助女性谋求权益。

被誉为"冬皇"的京剧名角孟小冬向梅兰芳提出离婚后，便找到了郑毓秀做她的代理律师，后来，这起离婚案以梅兰芳支付孟小冬四万银圆赡养费告终。在那个时候，女性离婚已是少之又少，更何况女方还拿到了巨额赔偿，溥仪与文绣离婚时也才给了五万五千银圆作为赡养费，可想而知，这在当时有多么惊人。

然而渐渐地，郑毓秀发现，离婚虽易，但社会对离婚女性的歧视以及女性在经济上不独立，才是中国女性地位低下的源头。想要拯救中国妇女，最根本的举措应该是提高妇女的社会地位和法律地位，于是更加积极地投身于女权运动。

律师事务所解散后，郑毓秀先后担任了审检两厅厅长、法院院长、上海政法大学校长等职务，成为中国历史上第一位女法官，名噪一时。

1928年，国民政府立法院成立。郑毓秀被任命为第一届立法委员，五十一名立法委员中仅有两名女性，另一位是宋美龄。郑毓秀有着丰富的革命经历，且精通欧美法律，因此又被推选为起草《中华民国民法》的五位委员之一，且是其中唯一的女性。

自幼目睹家中女性的不易,加之在从业过程中的所见所闻,促使郑毓秀特别提出增加多条女性权利的保护条文,比如规定未婚、已婚的女子与男子同享平等的继承权;未婚单身女性有权签订或废止婚约;已婚妇女有权保留自己的姓氏,不冠夫姓;女性可以持有资产与地产等。

因为她的努力,《中华民国民法》第一次有了专门针对妇女权益的界定,婚姻自主权被第一次写进了中国的法律条文,男女平等、普及教育、一夫一妻等有关妇女解放的新观念,也在《中华民国民法》中得到落实。这些在当时看来惊世骇俗的提案,对后世却具有划时代的意义。

1942 年 9 月,魏道明任驻美使馆职员,郑毓秀作为他的夫人随同赴美。不久后,魏道明接替胡适任驻美大使,郑毓秀作为中国驻美大使夫人,开始积极参加社会救济工作和公共事务,被当时的美国总统夫人誉为"**最具政治头脑和外交才华的大使夫人**"。

1948 年,郑毓秀夫妇淡出政坛,移居美国。

1959 年 12 月,郑毓秀病逝于美国洛杉矶。为了纪念她的功绩，人们将南京的一条街道命名为"毓秀街"。

男性从幼年时起，就被教导可以自由地追求理想，享受自己的人生。但时至今日，大多数女性却依然活在"男主外，女主内"的阴影之下，被迫放弃"主体性"，无法随心所欲地去追求自己想要的事业和生活，仿佛女性就只能作为男性的附属品存在，就应该去牺牲、去服从。

一生都在抗争的郑毓秀却早已为此立下榜样——这世上没有什么不可以，只要你肯争取，就能够改变自己的命运。

女性不是任何人的附庸，你可以打破一切戒律束缚，尽情去追求自己的梦想，从事自己喜欢的职业，开拓视野，享受生命，更不必害怕他人的闲言碎语。玫瑰虽弱，亦可作枪，当干掉所谓标准，你就是唯一答案。

林徽因

弘扬中国建筑之美的使者

> 她是中国第一位女性建筑学家,在建筑领域成就非凡。
>
> 她是学贯中西的"中国第一才女",文学造诣令人惊叹。
>
> 她一生执着于对美的追求,在工艺美术等领域开拓创新,成果卓著。
>
> 历史对她百般注解,却构不成她的万分之一。
>
> 她,是林徽因,一个忠于自我、忠于热爱的理想主义与爱国主义实践者。

（一）
每个人都是带着使命来到人间的

1904年,林徽因出生于浙江杭州一个书香世家。林家虽然不算多么富裕,但家风仍在,十分重视子女的教育问题。林徽因五岁时便被祖父安排,由姑母林泽民为她发蒙授课,教她琴棋书画、诗词歌赋。

林徽因自幼聪慧乖巧,在父亲林长民眼中是个"天才少女",七岁时,林徽因就承担起了替全家与在外的父亲通信的事务,且应答得体,言辞生动。

1920年,林长民以国际联盟协会中国分会代表的身份赴欧考察。为了开阔林徽因的视野,林长民决定带她一起前往欧洲。抵达伦敦不久,林徽因便考入了伦敦圣玛丽学院,一边读书,一边担任父亲的私人秘书,游历了法国、意大利、瑞士、德国、比利时等多个国家。

在游历中，林徽因惊奇于西方建筑宏伟壮观，历经岁月却屹立不倒。而当时的中国，虽然拥有奢华庞大的木质建筑，但每逢战火硝烟或自然灾害，这些建筑几乎都会遭受灭顶之灾，加之中国自古重士轻工，国人对于建筑的概念还停留在工匠阶段。这让她萌生了要学习西方先进的建筑知识，而后创立中国的建筑学的梦想。

20世纪20年代，西方的建筑教育推崇法国巴黎美术学院的布扎体系，众多来自法国的建筑大师被美国吸纳，宾夕法尼亚大学建筑系因此迎来了专业发展的辉煌时期。

1924年，林徽因获得清华大学半官费留美资格，赴美国宾夕法尼亚大学学习建筑学。然而到了美国，林徽因却被拒之门外。校方的解释是，建筑系的学生通常需要熬夜画图，无人陪伴的女生不适合和男生一起工作。

不甘心被这样荒谬的理由阻断梦想之路，林徽因当即决定进入隶属于同一学院的美术系，同时选修了建筑系的所有课程。凭借着出色的成绩，林徽因在学校的各类设计比赛中频频获奖，并打破惯例，受聘成为建筑设计教师助理。不久后，她又以学生的身份成了建筑系的辅导教师。

1927年，林徽因用三年的时间完成了所有的大学课程。毕业时，林徽因被导师保罗·克瑞邀请担任他的私人助手。彼时的保罗·克瑞是宾大建筑系的核心教师，被认为是当时美国最具才能的建筑设计师。这是个人人羡慕的职位，一旦林徽因答应，意味着她将获得全世界最一流的信息和资源，但她从未忘记过自己的初心。

1928年，张学良任东北大学校长，扩建校舍，向全国招募人才。林徽因回国后，受聘于东北大学，而后**组建了中国大学第一个建筑学系**。

1929年，林徽因参与了吉林大学校舍的总体规划以及教学楼和宿舍设计，并独立设计了"白山黑水"图案。自此，"白山黑水"成为东北大学的标志。

（二）

中国辉煌建筑文明的守护者和发现者

1931年，日军侵占沈阳，东北大学被迫关闭。同胞殒命，城池沦陷，设计与任教成了空谈，林徽因痛心疾首，但作为建筑学者，她觉得自己还可以做些什么。

中国历史闪耀千年，留下了无数巍峨壮观、雕梁画栋的古建筑，一旦战争全面爆发，这些建筑或将全部毁于战火。林徽因决定，她要抢在日军的炮火之前完成对古建筑的勘测，如此，即便建筑被战争毁掉，至少还能留下珍贵的历史资料，以待后人研究。

1932年至1937年，林徽因**辗转一百三十七个县市，调查古建殿堂房舍一千八百三十二座，详细测绘建筑两百零六组，完成测绘图稿一千八百九十八张**。为了得到准确的测绘数据，林徽因经常需要爬上爬下。一些存续千年的建筑，由于饱经风吹日晒雨淋，顶端已经十分危险，人身处其上，稍有不慎就会跌落，但她从不在意，常常亲自上阵。

20世纪20年代，日本学者为探究其文化根源，相继来到中国，调查了数十年之久，对中国建筑也进行了深入研究。随后，日本建筑史家关野贞在其所著的《中国建筑史》中狂妄宣称，中国大地上已经没有唐代的木结构建筑了。

这番言论深深刺痛了林徽因的民族自尊心。彼时，中国关于古建筑的研究与发现几乎是一片空白，但她相信，在中国的某个角落，一定还有没被发现的古老建筑，她发誓一定要向全世界证明这句话是错的。

然而，彼时正值战乱，各地政府对古建筑又不够重视，缺少建筑名录，想要发现勘测古建筑，就只能亲自去探寻。为此，林徽因进行了大量的研究工作。终于，敦煌莫高窟第六十一窟的壁画《五台山图》中出现的"大佛光之寺"的字样，让林徽因看到了希望。为了验证它的存在，林徽因决定按图索骥，前往五台山寻找画中的寺庙。

1937年，林徽因与中国营造学社的同人第四次前往山西。经历一个月艰辛，就在他们几近绝望之时，一座古寺赫然出现。林徽因和同事们在千年的尘埃中兴奋地登上天花板进行勘察测量。最终，凭借房顶大梁上的文字和殿外石经幢上的刻字，林徽因确认，这就是一座唐代建筑。

就这样，中国境内唯一一座被完整保存的唐代木质结构建筑——佛光寺，在一千多年后重现于世。

1940年，林徽因忍着病痛，恢复了《中国营造学社汇刊》的出版。这是一本高水平的学术期刊，之前因为战争被迫停刊，致使国内的许多研究成果不得为外界所知，其中包括佛光寺的重大发现。

1944年《中国营造学社汇刊》第七卷第一期正式出版，泛黄的书页带着林徽因的期盼飞向全国乃至全世界。越来越多的人知道了那段艰难时期中国人的辉煌成就，林徽因也终于用她自己的专业，有力地驳斥了那些别有用心者的狂妄言论，让全世界都知道中国一样有建筑学，一样有优秀的建筑人才。

（三）
一身诗意千寻瀑，万古人间四月天

1948年底，两位解放军代表突然秘密到访北平面见梁思成，请求梁思成编写《全国重要建筑文物简目》，以便在解放各地时更好地对重要文物古迹实施保护。多年以来，林徽因耳闻目睹过太多文物古迹毁于战火，因此得知这个消息后，她当即决定与梁思成连夜开工。仅仅两天后，此书便顺利完成。

书中共收录了二十二个省、市的重要古建筑、石窟、雕塑等四百六十五处文物古迹，并加注了文物建筑的详细所在地、性质种类、创建或重修年代以及价值和特殊意义，条理分明，便于阅读，让更多极具历史价值的文物古迹得以留存于世。其中的分级方法，也为后来的文物分级管理办法提供了先例。

1949年10月1日，中华人民共和国成立。然而直至开国大典举行，新中国国徽的方案依然没有确定。时任清华大学教授的林徽因和建筑学家莫宗江提出了一个以璧为主体，包含国名、五星、齿轮和嘉禾的图案。这个设计虽然未能被立刻采纳，但已经接近后来确定的国徽样式。

1950年6月，经过多番修改调整，**林徽因小组提交的方案被正式确定为中华人民共和国国徽**。新中国成立一周年之际，这枚象征着国家尊严的国徽被悬挂在了天安门城楼上。

中国人民政治协商会议第一届全体会议时，党中央决定，要在首都北京建立人民英雄纪念碑。这座纪念碑为纪念在人民解放战争和人民革命中牺牲的革命烈士而建，其意义非同凡响。为此，领导人邀请了一大批当时中国最优秀的文史专家、建筑家、艺术家共同参与设计。

1951年，**林徽因担任人民英雄纪念碑建筑委员会委员，承担起为碑座设计纹饰和花圈浮雕图案的任务**。1958年，人民英雄纪念碑正式落成，成为中国历史上最大的纪念碑。遗憾的是，林徽因没能等到这一天。

1955年4月，林徽因因病去世，遗体被安葬在八宝山革命公墓。八宝山公墓本就是她生前的设计作品，这里古木参天，绿树成荫，想来最适合这位一生快意的女子。

她的墓碑下方有一块刻着秀丽花圈的汉白玉，这原是为人民英雄纪念碑的碑座雕饰试刻的样品，人们把它作为一篇独特的无字墓志铭，奉献给了它的创作者。而她的墓碑上只有七个字：建筑师林徽因墓。

不是谁的女儿、谁的妻子、谁的母亲，只一句她是林徽因，就足以证明她的灿烂。

每当谈论起某一个女性，人们最先提起也最感兴趣的话题，大多是她长相如何。诚然，颜值会在一定程度上影响人们的第一印象，但这也正说明当今的社会观念中，颜值一直是被过度强调的。那些将颜值作为衡量一个人价值标准的言论，也让越来越多的人患上"容貌焦虑"。

对此，林徽因早已提出了自己的解决方法——**换一个战场去战斗！**

面对友人"林下美人"的评价，林徽因曾直言："什么美人不美人，好像女人没有什么事可做似的，我还有好些事要做呢……"

人的一生如此宽广，可以做的事情那样多，与其盯着自己的容貌自怨自艾，倒不如去追求更大的世界。毕竟比起容貌，思想独立、自信高昂、热爱事业等特质更能彰显女性魅力。

"如果我的心是一朵莲花，正中擎出一支点亮的蜡，荧荧虽则单是那一剪光，我也要它骄傲地捧出辉煌。"世上再无林徽因，但她走过的路足够引领你成为一个独立、自信、坚强的人，而非他人姓名后的赘述。

何香凝

三八妇女节纪念日发起者

" 如果让你凭空想象一位女画家的作品，你会想到什么样的画面？是温婉少女，是花鸟鱼虫，还是小桥流水？可何香凝偏不如此，她独爱画松、梅、狮子、老虎。1998年，她的代表作《虎》《狮》《绿梅》被国家邮政局印成了一套三枚的特种邮票。

这些象征高洁志趣、勇气和力量的意象，是她内心世界的映射：她不只是一位杰出的画家，更是中国同盟会的第一名女成员，是中国国民党革命委员会的主要创始人，也是女性思想解放工作的先驱。

毛泽东曾评价她："苦斗不屈，为中华民族树立模范。"

（一）
才子佳人的"天足缘"

何香凝原名何谏，又名何瑞谏。1878年，何香凝出生于香港的一户茶商家，她的父亲是农民出身，虽然依靠卖茶让全家人过上了富裕的生活，但观念仍然守旧，认为"女子无才便是德"，非但不让她上学，还要给她缠足。

然而，自幼听着女兵故事长大的何香凝十分具有反抗精神。父母不让她上学，她就买课本自学，遇到不懂的内容就问哥哥，或者让女仆拿到学堂去问先生。母亲强制给她缠足，她就每天晚上偷偷用剪刀剪碎裹脚布，再裹，就再剪……几十个回合下来，父母终于放弃。何香凝成了那个旧时代少有的既有才学又有一双大脚的女性。

尽管如此，到了该谈婚论嫁的年龄，何香凝的一双

"天足"还是愁坏了她的父亲。正巧当时有名的进步人士廖仲恺"**敲锣打鼓似的宣扬要讨一个没有裹过小脚的人做媳妇**",何父马上托人说媒,这才促成了一段才子佳人的"天足缘"。

渊博的学识、进步的思想让何香凝和廖仲恺很有共同语言,两人一起读书、吟诗、作画,度过了一段如同神仙眷侣般的甜蜜时光。因为何香凝期盼着"年年此夜,人月双清",于是二人将爱巢命名为"双清楼",何香凝还自号"双清楼主""双清馆主",以此来纪念这段美好的爱情。

都说好的感情会督促人进步,何香凝就是如此。廖仲恺从香港皇仁书院毕业之后一直想去日本留学,学习先进的思想,何香凝对此非常支持。当时廖家已经家道中落,无力承担留学费用,何香凝果断卖掉了自己的陪嫁,全力支持丈夫完成学业。1903年1月,廖仲恺前往日本留学,两个月后,何香凝紧跟丈夫的步伐来到日本,师从当时有名的画家田中赖璋学习绘画。

此后不久,何香凝结识了孙中山、秋瑾等革命人士。革命思想开始进入到她和廖仲恺的生活中,**夫妻二人从此**

有了一个更加崇高的志向——为革命事业而奋斗。

（二）
将绘画运用到革命斗争中

1905 年，中国同盟会在日本东京成立，何香凝是最早加入的女性成员之一。她和廖仲恺的家成了当时中国同盟会的联络站和聚会所，革命党人每周都要在这里开四五次会，共同商讨革命工作的后续开展。

作为富家千金的何香凝本来十指不沾阳春水，但是为了做好革命的后勤保障工作，她从头学起，给大家照料茶饭。此外，她还要负责信件转接、文件保管、看门望风、掩护革命同志等各种琐碎的工作。每项工作她都能满怀热情地完成，她的真诚和细心赢得了大家的尊重和信赖，孙中山等人亲切地称她为同盟会的"女管家"。

何香凝除了"女管家"之外，还担任着同盟会的专用画师一职。美术界认为她是中国第一个将绘画运用到革命斗争中的人。

1908年4月，何香凝因为生病和怀孕而短暂退学。生下儿子廖承志半年后，她又匆匆重返校园，于1909年4月转入东京本乡女子美术学校日本画高等科，学画山水、花卉、狮、虎等内容，这些内容也成了她后来绘画的主要题材。其中，老虎和狮子是何香凝最擅长画的主题。

1910年，她赠给革命先驱黄兴先生一幅名为《虎》的画。画中的猛虎藏于杂乱的草丛之中，蓄势待发，威猛无比，正是何香凝心中那些身处乱世却心向光明的革命者的象征。1913年，她创作的《狮》得到了柳亚子先生的题诗："国魂招得睡狮醒，绝技金闺妙铸形。应念双清楼上事，鬼雄长护此丹青。"何香凝深信，中国这只沉睡已久的东亚雄狮即将觉醒，革命志士的努力奋斗必将换来一个新的时代！

在儿子廖承志的回忆性散文《我的母亲和她的画》中有过这样一段文字："孙中山要在国内组织武装起义，需要起义的军旗和安民布告告示的花样、军用票的图案等等，因而需要人设计图案，把它画出来。我母亲为此进了日本东京上野的美术学校。"何香凝的自述中也曾提到，在辛亥革命的过程中，起义部队所用的一些旗帜符号，就是她在孙中山先生的指导下亲自绘制、一针一线绣出来的。画笔成了何香凝表达革命态度的最有力的武器。

（三）
促进女性解放的巾帼豪杰

作为一名巾帼不让须眉的杰出女性，何香凝一直非常关心女同胞们的思想解放工作。

早在1903年6月，刚到日本留学不久的何香凝就发表了一篇题为《敬告我的同胞姐妹》的文章，呼吁"破女子数千年之黑暗地狱，共谋社会之幸福"。这是中国早期为数不多宣传女性解放的作品之一，彰显了何香凝超前的思想观念。从此，她始终致力于女性解放工作。

1924年1月，国民党一大召开，何香凝当选国民党中央执行委员会妇女部部长，负责广东省的妇女工作。这一年对何香凝来说，是既忙碌又充实的一年，在她的主持下，《妇女之声》创刊，各类女工学校、妇运讲习所得以创办，越来越多的女性接受了进步思想的教育。

此外何香凝十分关注女性在社会地位和法律地位上的平等，并做了大量为广大女同胞争取权益的工作。在她的努力下，《中国国民党第一次全国代表大会宣言》明确规定了法律上、经济上、教育上、社会上的男女平等原则，使得女性在各方面的平等地位都得到了有力的法律保障。

与此同时，何香凝是中国第一位提倡庆祝三八国际妇女节的人。

1924年2月，何香凝在国民党中央妇女部干部会议上，提议在广州举行庆祝"三八"国际妇女节大会。提议通过后，会议决定由中央妇女部负责出面发起集会和游行。这是中国首度公开、正式地庆祝"三八"国际妇女节，何香凝为此做了大量的活动筹备工作。

3月8日，她在中国第一个公开纪念三八国际妇女节的大会上，向两千多参会者发表公开演讲，介绍了这个节日的来源和重要意义，并提出了"打倒封建主义、打倒帝国主义""保护童工孕妇，革除童养媳，革除多妻制，禁止蓄奴纳妾，废除娼妓制度""争取妇女解放"等口号。在这之后，短短一年之内，各类妇女劳工学校、夜校陆续开办，女性受教育程度得到大幅度提高。

1925年8月，坚决拥护孙中山革命思想的廖仲恺被反动派暗杀。何香凝强忍悲痛，将后半生全部奉献给革命工作，坚持发展女性解放工作、工人运动，大力促进国共合作。1945年抗战胜利后，何香凝反对蒋介石的内战政策，积极响应中国共产党的号召，接受党的领导。新中国成立后，她更是坚定不移地支持社会主义建设。

1972年9月1日，为了民族独立、女性解放、艺术发展辛勤工作了一生的何香凝因病去世。她和为革命早早献身的丈夫廖仲恺有过约定："生则同衾，死则同穴。"彼时，新中国正在党中央的指导下大力推广火葬。为表尊重，周恩来总理特别批准何香凝棺葬，与廖仲恺合墓。

何香凝一生都在努力成就"大我"，她终于可以休息，和一生挚爱团聚了。

唐 瑛

用英语唱京剧的优雅艺术家

> 20世纪30年代的上海滩，名媛云集。那个时代，有许多传奇的人物、传奇的故事，可要说最令人羡慕的，当属唐瑛。
>
> 时下人们对她的了解程度，比不上张爱玲、林徽因等人，但在那个时代，她却可以与陆小曼并称"南唐北陆"。
>
> 她是老上海的时尚明星、戏剧界的缪斯女神，被视为"优雅"二字的代名词。
>
> 她精通英文，擅长昆曲，对舞蹈和钢琴娴熟自如，是举手投足都令人瞩目的名媛淑女。
>
> 但不同于民国时期的其他传奇女性，唐瑛身上没有太多的花边新闻、恩怨情仇。她的一生展示给人们的是个如何保持优雅和美丽的故事。

（一）
民国时尚圈的明星

1903 年，唐瑛出生于上海。她的母亲是当时昆山大家族的小姐，受过高等教育，是具有新思想的新时代女性。她的父亲唐乃安是"庚子赔款"资助的首批留洋学生，也是中国第一个留学的西医，学成后归国做了北洋舰队的医生，后来自己在上海开诊所，找他看病的人非富即贵。可以说，唐家不仅有钱，更有人脉。

在这种优渥的环境下出生成长，加上唐乃安本身有留学背景，唐瑛自小便受到了良好的教育。她毕业于上海赫赫有名的贵族女子学校——中西女塾，不仅熟读诗书，精通英文，还学习了舞蹈、钢琴、戏曲、山水画等多项技艺，风采无人能及。

唐瑛一生追求美，美是她的人生底色。但美既需要资本，也需要维护的能力。

在家里，她要修炼名媛的基本功——衣食住行、谈吐举止。家里专门雇用了裁缝定做衣服，还分别请了做中式点心、西式点心和大菜的厨师，每一餐都需按照营养均衡的原则合理搭配，几点吃早餐、几点吃下午茶、几点吃晚饭都有精准的规定，就连拎包和捡东西都有标准的姿势。

如此种种，听起来精致奢华，做起来却如苦行僧修行一般。不过，唐瑛深知这是成为名媛最基本的要求，因此并不觉得束缚，而是始终坚持，于极度自律下让美长在了骨子里。

唐瑛长得非常漂亮，身段优美，仪态万方，十六岁一进入上海的交际圈，就引起了轰动。她气质高雅，又多才多艺，很快便成为上海滩最引人瞩目的交际花之一，令无数人拜倒在她的石榴裙下。

作为在完全西方化的氛围之中成长起来的沪上名媛，唐瑛在衣着服饰方面有着很好的品位，CHANEL 五号香水、FERTERAMO 高跟鞋、CD 口红、CELINE 服饰、

LV 手袋……单看唐瑛经常使用的这些东西,就能知道她当年的摩登思想与世界的潮流完美契合。即便是待在家里,唐瑛也要每天换三套衣服。放之今日,她当是顶流时尚博主。

1927年,唐瑛和陆小曼等人合伙创办了中国第一家专门为女性制作时装的服装公司——云裳。又因这家公司是由交际界与文艺界人士联合创办,因此一开业就在社会上引起了极大关注。与此同时,唐瑛还被邀请成为云裳公司的代言人,自此,她成了整个上海滩时尚的风向标。

独特的企业文化、独特的时尚设计理念、独特的广告营销,也让云裳成为现代上海最著名的时装品牌,在推动现代中国女子时装业发展方面起到了重要的作用。

除此之外,唐瑛还会自己设计服装。每当看到能给她灵感、令她惊艳的时装,她回家就会请裁缝来做。她的衣服每一件都别致而前卫,只要是她穿过的服装样式,立马就能成为当时的爆款,让上海滩大街小巷的裁缝们忙上好一阵子。

（二）
遵从内心，为自己而活

正所谓一家有女百家求，更何况是唐瑛这般耀眼的女子。

孙中山的秘书杨杏佛就是她的爱慕者之一。但他找人做说客上门提亲时，唐瑛的父母以她已经订婚为由，婉拒了这门婚事。唐瑛不是没有心动过，但权衡之后，她认为没有必要为了一个男人和自己的父母决裂，于是坦然接受了这个结果。

宋子文作为著名的宋氏三姐妹的兄弟，是当时炙手可热的人物，他对唐瑛也颇有好感，还给她写了很多情书。但唐瑛的父亲并不想和宋家扯上关系，加之唐瑛的哥哥也因宋子文被误杀，唐瑛虽对其有好感，但还是果断拒绝了宋子文。

1927年，在中央大戏院举行的上海妇女界慰劳剧艺大会上，唐瑛与陆小曼联袂亮相，一个扮杜丽娘，一个扮柳梦梅，演出昆曲《牡丹亭》中的《拾画叫画》。两人曼妙的身姿、优雅的台步被传为一时佳话，还登上了当年报纸的头版头条。

同年，唐瑛嫁给了沪上豪商李云书之子李祖法。

李家是上海滩的著名财阀，李祖法是当时公共租界工部局工务处的负责人。在这段婚姻的初期，两人尚能相敬如宾，李家雄厚的财力也支撑得起唐瑛在交际场的排场。但很快，李祖法就直言不讳地指出，自己不喜欢这种过于喧嚣热闹的生活，也不希望唐瑛总是成为交际场的主角，只想让她做一个贤妻良母。但唐瑛才不管他感受如何，依旧我行我素。

1928年，唐瑛在洪深导演的话剧《少奶奶的扇子》里担任主角，台下乌泱泱的观众全是来捧她的场的。当她穿着曳地长裙在百乐门亮相时，全场的观众都沸腾了。

1930年，李名觉的出生让唐瑛暂时停下了社交的脚步。直到1935年，唐瑛在卡尔登大戏院与沪江大学校长凌宪扬用英语演出了整部京剧《王宝钏》，并再度回归社交界。这次演出中，她开创了用英语唱京剧的先河，赢得了满堂喝彩。因为到场的文艺青年实在太多,卡尔登大戏院附近一度被围得水泄不通。

唐瑛的照片又一次登上《良友》《玲珑》等杂志的封面。而这一切在李祖法看来,实在太过招摇。但唐瑛始终认为,做自己喜欢做的事情,是绝没有错的。

金童玉女未必天造地设,不如一别两宽,各生欢喜。

1937年,离异后的唐瑛不仅没有因此黯然消沉,反而继续追求着自己想要的生活。她热爱社交,热爱艺术,热爱一切与美相关的事物,在社交场上也更加如鱼得水。

后来,唐瑛认识了当时在友邦保险公司任职的容显麟。

容家是广东的名门望族,家族世袭渣打银行买办,容显麟的叔叔容闳有着"中国留学生之父"之称。容家虽不如李家财力雄厚,但家庭环境开明,容显麟也是骑马跳舞样样精通,且极善交际,和唐瑛有很多共同语言。

彼时的容显麟也是离异单身,但膝下有四个孩子,唐瑛一旦进入容家,就意味着要与四个继子朝夕相处。继母可不是那么好当的!何去何从,这是个问题。

最后,唐瑛还是听从了自己内心的声音。找到志同道同的人已是缘分使然，能和与自己默契有加的人共度一生，更可谓三生有幸，夫复何求呢？婚后，两人的婚姻也果然甜蜜而幸福。

抗战时期，唐瑛没了交际场的活动，便在家专心教养子女。她不仅没有怨言，甚至乐在其中。1948年，唐瑛一家移居美国，继续享受人生。在她的教养下，几个孩子先后成家立业，各自有成，李名觉更是被誉为"世界当代舞台设计之泰斗"。

1951年，香港船王董浩云在纽约见到唐瑛夫妇，称唐瑛"风韵犹存，饮酒甚健，谈锋甚健"。

晚年的唐瑛始终保持着在上海滩时的优雅平和，她不需要保姆，自己就把家里打理得整洁有序，生活很是惬意。1986年，她在纽约的寓所里平静离世，满脸安详。

如今，伴随着社会的快速发展，女性的生活变得更加丰富多彩。但仍有一部分人，或于原生家庭中被父母"绑架"，或于婚姻家庭中被丈夫子女"绑架"，始终无法为自己而活。

生活是一道多项选择题，没有唯一标准的答案。人生苦短，与其把时间耗在别人身上，倒不如学学唐瑛，**给自己多一些支点，少一些束缚，听听内心的声音。**

每个人都是独立的个体，除了你自己，没有人能够为你的一生负责。生活归根结底是你自己的，其他人的出现，应当只是为了给你的人生增添光彩和活力，而不是从此夺走你的人生。所以，请为自己痛快活一回。

张幼仪

自我成全的励志楷模

> 民国时期的实业家里，女性可谓凤毛麟角，张幼仪算是个例外。
>
> 她的一生分为两个阶段：离婚前、离婚后。
>
> 离婚前，她是别人眼中被丈夫嫌弃的"土包子"，是只知道听从父母之命的无聊女人。
>
> 离婚后，她是中国第一位女银行家，是涅槃重生的新女性。
>
> 她一点也不完美，更无法成为谁的标杆，但她实实在在完成了属于她的逆袭，告诉世人，人生从来都是靠自己成全的。

（一）
又旧又新的女子模样

1900年，张幼仪出生于江苏一个书香世家。张家家世显赫，家中之人在商界、政界均有涉足，且地位不俗。在这样的家庭中长大，张幼仪算得上真正的名门闺秀。

那时的张家虽然重视子女的教育，却也深受"女子无才便是德"的传统观念影响。家中的男孩儿既要学习传统儒学，也学习西方先进思想，而女孩儿却只能接受三从四德、三纲五常等女性传统道德教育。但张幼仪心中早就萌生了进新式学堂读书的渴望。

1912年7月，"江苏省立第二女子师范学校"在苏州创立，十二岁的张幼仪在哥哥的帮助下终于进入该校就读。学校重视女子教育，主张"德、智、体"三育并进，张幼仪在此受到了良好的教育。但三年后，张幼仪却被迫辍学，被接回家成亲，她的丈夫就是大名鼎鼎的徐志摩。

张家四哥看中了徐志摩的才华，又得知他是徐家的独子，便主动向徐家提了婚事。当时，张家的实力远在徐家之上。徐家虽是富商，却无政治根基，能和有较高的政治、经济地位的张家联姻，属于是高攀，自然没有不应的道理。

为了让女儿嫁得风光体面，在夫家拥有足够的地位与重视，张家特地派人去欧洲采办嫁妆，陪嫁丰厚得令人咋舌，光是家具就多到连一节火车车厢都塞不下，可谓用心良苦。有张家做后盾，张幼仪原以为即便与徐志摩做不到恩爱有加，至少可以相敬如宾，可她没想到，正是这场受命于父母的婚姻，成了她痛苦的开始。

1915年，张幼仪与徐志摩举行了婚礼。出嫁后，她谨遵父母的教诲，恪守本分，侍奉公婆大方得体。她很聪明，很快便赢得了徐家长辈的喜爱，但在徐志摩眼里，她却不是理想妻子的人选。他嫌她没有精致的容貌，没有玲珑的身材，没有卓然的才华，皮肤不够白，穿着也不时尚，就算上过学堂，也依然是个没有文化的乡下女子。

张幼仪自知不能奢求爱情,但她不认为自己只能得到这般全然冷漠、缺乏容忍的婚姻。但彼时的张幼仪年轻又胆怯,实在不知该如何改变这一局面。

不久后,张幼仪怀孕了。其他人都期盼着这是个男孩儿,张幼仪却暗自发誓,即便生的是个女孩儿,自己也绝不会薄待她,更不会逼她缠足,限制她求学。1918年,张幼仪平安生下长子,但没等她高兴多久,自认已经完成了传宗接代任务的徐志摩便毅然出国,弃她而去。

1920年,徐志摩入读伦敦政治经济学院。张家二哥见徐志摩离家后从未来信表示要接张幼仪过去,便劝她主动前往欧洲寻徐志摩。

徐家人非常保守,并不想让张幼仪到海外去,他们认为她应该待在家里,毕竟一个什么也不懂、什么也不想知道的女子,比起时时在求知、总想知道更多事情的女子好管太多了。可张幼仪认为,自己如果能多了解一些事情,多读些书,不仅能进步,还可以将所学传授给自己的孩子,这对孩子来说也是有好处的。

于是,在徐家人还没确定要不要让张幼仪去欧洲的时候,她就主动要求请了一位老师,和徐家其他未出嫁的女儿一起上课学习。等到被准许前往欧洲时,她已经读了一年的书,学业也更进一步。

登上前往欧洲的轮船时,张幼仪为自己达成所愿而感到欢喜。然而当轮船驶进港口码头,众人等待上岸的时间里,张幼仪看着岸上不耐烦地东张西望的徐志摩,心中一片冰凉,她意识到徐志摩并不期待她的到来。果然,徐志摩对她冷淡如初,甚至极少与她交流。

1922年,张幼仪再次怀孕,徐志摩却再度抛下张幼仪离家出走,还请人带口信,表达了离婚的意愿,这对张幼仪来说无异于当头一棒。等张幼仪生下孩子后,徐志摩又来逼迫她离婚。这一次,张幼仪看透了这个无情的男人,终于爽快地在离婚协议上签了字。这便是中国史上的**第一桩西式文明离婚案**。

离婚后,痛定思痛的张幼仪终于明白,人生应该靠自己。她一改在徐志摩面前谨小慎微、唯唯诺诺的作风,展现出了人格中坚强无畏的一面,如凤凰涅槃,浴火重生。

重新振作后,她一边抚养幼子一边学习外语,同时攻读幼师课程。在德国学习、生活了五年，她不仅习得了一口流利的德语，还找回自信，脱胎换骨。

（二）
狂风暴雨之后的觉醒和逆袭

1926年春天，张幼仪回国，受聘于东吴大学，担任德文教师，定居上海。此时的她已经成长为一名坚强果敢的新时代女性。

1927年，张幼仪的八弟与人合伙开了一家专做女装的公司——云裳服装公司（以下简称"云裳"）。云裳的名气一度响彻上海滩，却在1928年底便因为资金问题濒临破产。经过一番商议后，云裳最终由张家全盘接手，张幼仪被聘请为公司总经理。接手云裳后，张幼仪事事亲力亲为，最终凭着自己的才智，将公司的经营拉回正轨。

1932年，上海女子商业储蓄银行对张幼仪发出邀请，聘请她担任银行的副经理。上海女子商业储蓄银行是当时全国唯一的女子银行，营业员全都是女性，服务对象也以女子为主。

尽管张幼仪做过云裳的总经理，但服装公司毕竟不能和银行相提并论，她也深知对方看重的并不是她的能力，而是关系，但她并不打算放过这个机会。在出任银行副经理后，她一方面刻苦学习银行财务相关知识，另一方面也在岗位上以身作则，严格管理，并开始在金融领域大放异彩。

1936年，张幼仪正式出任**上海女子商业储蓄银行副总裁**，任职长达十年。十年间，她靠着家族的扶持和自身的努力，在几乎被男性垄断的民国金融圈中脱颖而出。1946年后，她仍担任上海女子商业储蓄银行的董事一职，直到1949年才卸任。

离婚之后，张幼仪的人生迎来了鲜花与掌声。奇怪的是，在这之后，那个曾经嫌弃她是个"乡下土包子"的前夫，居然也开始正眼看她了。不过彼时的张幼仪早已不在乎这个男人。

因为淋过雨，所以她更愿意为后人撑一把伞。

张幼仪的儿子徐积锴是个名副其实的学霸，他自小接受新式教育，后来不负众望，考取了交通大学土木工程专业。他的妻子张粹雯秀美端庄、温柔贤淑，却只有中学学历。张幼仪担心时间久了，儿媳会重蹈自己的覆辙，为此，她特意请来了四位严师，教儿媳文学、书画、外语等，逼着儿媳成长。

在那个"女子无才便是德"的年代，张粹雯并不是很理解张幼仪的做法，一边要教养孩子，一边还要读书，她感觉力不从心。但张幼仪坚持，她只好硬着头皮照做，几年下来，竟也成了一个腹有诗书的女子。

1947年，徐积锴打算赴美留学，张幼仪下了死命令，要求徐积锴必须带上张粹雯一起。张幼仪看出儿媳舍不得还不满一岁的儿子，表示自己会照顾好孩子，然后一狠心将夫妻二人赶去了国外。

异国求学，夫妻二人一个继续深造学土木工程，一个学服装设计，渐渐地，两人在各自的专业上取得了不少成就。张萃雯之前从没想过，有朝一日，自己会成为著名服装设计师，设计的旗袍会被纽约的博物馆收藏。直到这一刻，张萃雯才终于明白张幼仪的良苦用心。她心怀感恩，直言张幼仪是自己人生中的贵人。而对于张幼仪而言，对张萃雯的成全，又何尝不是对曾经的自己的一种成全？

人存于世，总是不可避免地会和很多人产生联系。大多数时候，我们需要相互鼓励，彼此支撑，也愿意相信人性的美好和知己挚友的可靠。

但俗话说得好："靠山山倒，靠人人跑。"总是依靠别人，就等同于将生活的主动权和决策权让与了他人。一旦对方转身离开，生活就会脱轨。

人生注定是一趟孤独的旅行。有些黑暗，注定要独自闯荡；有些泥潭，注定要自己去蹚。命运，也是要靠每个人自己去掌握的。你要做的，就是让自己变强，强到可以自由选择以什么样的方式生活，和什么样的人交往。

你要相信，你的人生，只能由你自己来成全，在归于虚无之前，你永远都有着从头来过的权利。

举世无双

第四卷

何泽慧　　屠呦呦　　张桂梅　　黄令仪

何泽慧

被誉为『中国的居里夫人』

> 20世纪初,爱因斯坦提出了质能方程式,打开了原子能研究的大门。
>
> 第二次世界大战爆发后,全世界的科学家们纷纷开始投入原子能的研究中,企图在这一领域抢得先机。
>
> 直到1945年,世界上第一颗原子弹爆炸成功,人类正式进入原子能新纪元。
>
> 几年后,新中国正式成立。彼时,国内的科学技术正处于落后阶段,对于原子能的研究几乎为零。为了促进科技的发展,实现强国梦,无数优秀的科学家顶着巨大的压力回到祖国,为中国的科技腾飞开辟了道路。
>
> 而在这些科学家中,有一位女性,以瘦弱的肩膀,挑起了发展中国原子能的重担,被称为"中国的居里夫人",她就是何泽慧。

（一）
中国人自己的"居里夫人"

  1914年，何泽慧出生于江苏苏州的一户名门望族。何家在清朝时曾出过十五位进士，另有举人、贡生几十位，是名副其实的书香世家。她的父亲何澄曾追随孙中山先生投身革命事业，后来开办工厂，一直关注教育事业的发展。她的母亲是著名的翻译家，外祖母更是振华女校的创始人兼校长，家庭文化氛围浓厚。也因此，何家十分重视家中子女的教育。

  何泽慧这一辈，兄弟姐妹众多，却几乎个个都是各领域的学者或者科学家。何泽慧排行第三，自幼便机敏聪慧，且见识广博，成绩一直名列前茅。

  1932年，何泽慧从振华中学毕业后，以**第一名的成绩考入了清华大学物理系**，成了实打实的女状元。

四年的学习生活，每天都与繁重的课业和实验任务相伴，何泽慧却从不懈怠，最终，她的论文获得了全班最高分，以第一名的优异成绩从清华大学毕业。彼时她的同学、后来著名的物理学家钱三强，在她面前，也只能屈居第二。

时逢战争年代，彼时中国的情况激起了何泽慧想要通过科学技术强国的信念，而当时的世界，论兵工技术和教育水平，德国首屈一指。何泽慧听说山西省政府颁布了规定，凡国立大学毕业的山西籍学生，若愿出国留学，可以获得三千银圆的资助。想到自己的祖籍就是山西，何泽慧决定申请公费留学，并最终获得了留学德国的机会。

择校时，何泽慧秉持着"军工强国"的念头，选择就读德国柏林高等工业大学技术物理系实验弹道学。在当时，该专业属于保密学科，学校规定不准招收外国学生。何泽慧据理力争，最终说服校方，**成为该校技术物理系第一个外国留学生，同时，她也是第一个学习弹道学的女学生。**何泽慧师从著名的物理学家瓦尔特·博特，在校期间发表了多篇重要论文，并于1940年成功获得了工程博士学位。

彼时正值第二次世界大战期间，紧张的国际局势导致何泽慧无法回国，她不得不选择继续留在德国。为了不浪费光阴，她进入德国海德堡皇家学院核物理研究所工作，并在此期间，**首次观测到了正负电子碰撞现象**。

第二次世界大战结束后，国际局势逐渐稳定。1946年，何泽慧离开德国，去往法国巴黎，并在那里与清华同学钱三强举行了婚礼。居里夫人的女儿得知这个好消息后，亲自为他们证婚。

婚后，何泽慧和钱三强亲密合作，科研事业获得了不少成果。因为**首先发现了铀核裂变的新方式——三分裂和四分裂现象**，何泽慧被同行称为"中国的居里夫人"。

（二）
中国原子能事业的先驱

尽管国外的物质、经济条件优越，且已有了重大的科研成果，但何泽慧始终没有忘记自己想要为国效力的初衷。

1948年，何泽慧和钱三强商量过后，两人一致决定放弃法国的一切回国，为祖国奉献自己毕生所学。经过千难万险，两人最终成功回到了祖国的怀抱。

1949年，新中国成立，百废待兴。彼时，新中国面临的国际环境极其恶劣，军事强国的武力威胁，让新中国面临巨大的压力。中国必须发展自己的军事力量，其中，原子能的研究是重中之重。

1955年，党中央决定，中国要研发自己的原子弹，并开始筹建中国科学院近代物理研究所。作为活跃在科研一线的原子能专家，何泽慧积极参与其中。物资匮乏的年代，筹备工作异常艰难，仪器设备也十分简陋，何泽慧就到处搜罗零部件，然后自己动手制作所需仪器。

"两弹一星"团队筹建过程中，何泽慧本已入选，但考虑到家庭情况，加之丈夫钱三强已经入选，家中还有幼女需要照顾，最终，何泽慧没能加入。虽然未能进入核心研发团队，但她依然用自己的方式贡献着力量。

在氢弹研发的过程中，一个重要数据被发现可能存在计算错误。科学研究是一项精密的工作，一个数据也不能错，何况还涉及氢弹研发工作。为此，何泽慧亲自带领团队，花费数月时间，将所有数据重新核算了一遍，修正了其中的错误，为后续工作的顺利开展奠定了基础。

同时，何泽慧进入物理研究所，全面负责领导中子物理研究室的工作。她利用实验室的条件，主持完成了一系列基础数据的测量工作，为中国原子能事业的发展做出了重大贡献。

20世纪50年代，何泽慧开始着手与他人合作开展原子核乳胶的研究，并于1957年成功制成了对电子灵敏度极高的核乳胶，让中国成为当时少有的能够生产核乳胶的国家之一，且制作技术比肩世界先进水平。

1973年，中科院高能物理研究所正式成立，何泽慧被任命为研究所的副所长。此后，她开始积极推动宇宙线超高能物理和高能天体物理方面的研究。为此，何泽慧**大力提倡发展高空气球技术，以及相应的空间硬X射线探测技术**，为后来中国进入太空打下了基础。

1980年，何泽慧当选为中科院院士。不再担任研究工作后，何泽慧投身于教育，培养了一大批优秀的科研人才。1997 年，何泽慧获得何梁何利科学与技术进步奖。九十多岁时，她依然坚持每天上班，与学生们讨论研究工作。她这一生，可谓为国家的科研事业耗尽了心力，晚年更是**将何家位于苏州的私宅网师园无偿捐献给了国家**。

2011 年，何泽慧在北京逝世，享年九十七岁。

2024 年，为纪念何泽慧诞辰一百一十周年，中国科学院高能物理研究所等相关单位组织召开了学术思想研讨会，以作缅怀。

明如日月，淡如春水。

何泽慧一生登上过高峰，也经历过低谷，但那颗爱国之心和专注科研的精神从未变过，她为国家所做出的所有贡献，都将被载入史册，被后人永远铭记。

同时，她用自己的一生证明，女性在科学领域拥有无限潜力，并指引着后来一代又一代的女性科研工作者为祖国科学事业的发展贡献自己的全部力量。

屠呦呦

青蒿一握济苍生

> 1895年，著名的发明家诺贝尔立下遗嘱，将自己大部分的遗产作为基金，以其每年所得利息设立了诺贝尔奖，旨在奖励那些对全世界有着巨大贡献的人。
>
> 1901年，诺贝尔奖首次颁发，并在之后的一百二十多年里，发展成为全球最高荣誉。迄今为止，该奖项共颁发六百一十五次，有九百五十四人和二十七个组织获奖。
>
> 在这众多的诺贝尔奖得主中，女性只有六十四位，屠呦呦便是其中之一。
>
> 2019年，BBC（英国广播公司）发起的"20世纪最伟大人物"评选中，屠呦呦打败霍金，成为与居里夫人、爱因斯坦并列的二十八位候选人之一，且是其中唯一的亚洲人。
>
> 她究竟有多厉害？

（一）
冷门专业，炽热的心

1930年，屠呦呦出生于浙江宁波一户普通人家。作为家中唯一的女孩，父亲特地从《诗经》中，取"呦呦鹿鸣，食野之苹"中"呦呦"二字为她取名。因为家中长辈十分重视对子女的教育，因此屠呦呦虽是女孩，却得以与哥哥一样接受了完整的教育。

江南山水孕育着这个独特的小姑娘，直到十六岁这一年，屠呦呦不幸患上肺结核。疾病让她饱受痛苦，不得不暂时放弃学业，回家修养。两年后，病情好转的她才再次回归校园。

也许正是这一场病痛，让屠呦呦对医药学产生了浓厚的兴趣，1951年高中毕业后，屠呦呦考入北京大学医学院药学系（今北京大学医学部药学院），选择了当时的冷门专业——生药学。

四年间，她不仅完成了所有药学的系统课程的学习，还参与了所有关于制药科学的基础培训，跟随几位教授学习如何区分药用植物、如何提取植物成分并加以研究。由于成绩优异，1955年大学毕业后，屠呦呦直接被分配到了卫生部直属的中医研究院（今中国中医科学院）工作。

新中国成立之后，为了提高全国人民的健康水平，党中央十分重视防疫工作的开展。彼时在中国已经肆虐了两千多年的血吸虫病，因传染极广、危害极大，成为防疫工作的重中之重。

20世纪50年代，毛泽东同志发出"一定要消灭血吸虫病"的号召，全国开始了消灭血吸虫病的运动。为此，卫生部成立了血吸虫病防治局，各地也都专门设立了血防所和血防站。屠呦呦作为中医研究院的一员，是防治工作的后方力量，负责研究可以有效治疗血吸虫病的药物。

血吸虫病是一种由血吸虫型寄生扁虫引起的疾病，民间用于治疗血吸虫病的草药中，有一味名为半边莲，屠呦呦首先将目光锁定在了半边莲上。她与自己大学时的老师楼之岑合作,经过一年多的研究,终于**确定半边莲是治疗血吸虫病的有效药物**,并找出了**药效最强的半边莲品种**,推动了血吸虫病防治工作的进一步开展。

20世纪50年代末期,为了探索中医药的实践应用,国家开始推广中西医结合的治疗方式,卫生部为此组织了多次培训班,组织具有西医背景的科学家们进行中医药培训。屠呦呦积极参与,并借此机会系统学习了中医药相关知识和炮制技术,为此后的医药研究打下了坚实的基础。

(二)

青蒿一握,解救病患万千

疟疾,作为全球三大疾病之一,因其传播之快、危害之大,曾被几千年前古罗马帝国的学者认为是一种神罚,堪称全世界人类的噩梦。

疟疾存在时间久远，早在秦汉时期，我国最早的医学典籍《黄帝内经》中就已经有了关于疟疾的记载。然而在科学水平落后的年代，人们很难探究疟疾的病因，更难以找到有效治疗疟疾的方法，以致疟疾一旦发生，动辄便有上百万人失去性命。

直到1826年，法国药剂师佩利蒂尔和卡文顿提取到了一种可以治疗疟疾的物质——奎宁。

奎宁又叫金鸡纳碱，是从一种叫金鸡纳树的树皮中提取出来的。在印第安人心目之中，金鸡纳树是他们的"生命之树"。在发现金鸡纳树的树皮可以治疗疟疾后，人们最初的使用方法是将树皮研磨成粉，而后混合水饮用。奎宁的成功提取，使得疟疾的治疗迈上了新台阶。

1965年，美国有机化学家罗伯特·伯恩斯·伍德沃德首次实现了人工合成奎宁，此后，奎宁一度成为抗疟的一线药物。但很快，人们开始发现，奎宁有着非常大的副作用，更糟糕的是，因为奎宁的大量应用，使得疟原虫产生了抗药性。

1880年，法国医生拉韦朗在疟疾患者的血液中发现了疟原虫的存在，后被英国热带病学专家罗斯证实，疟原虫来自疟蚊，疟蚊的叮咬让疟原虫得以传播，而这正是导致疟疾发生的根源。

也就是说，一旦疟原虫对奎宁产生了抗药性，就意味着奎宁已经开始失效。果不其然，不久后，疟疾死灰复燃，死亡人数开始急剧上升。

20世纪中期，越南战争爆发，大量士兵进入热带丛林。大战还未开始，许多人便已经因为被带有疟原虫的蚊虫叮咬而患上了疟疾，逐渐丧失行动能力，甚至死亡。

1964年，越南方面求助中国，希望中方可以研究抗疟药物，加上当时中国南方地区也普遍存在疟疾问题，党中央经过商议后，正式启动了大型研究抗疟疾药物的"523任务"。

中医研究院经过多次商榷，考虑到屠呦呦有着中西医两方的学习背景，加上研究经验丰富，最终将研究任务交到了她的手上。

由屠呦呦领导的疟疾研究团队很快便参与到研究工作中，并将中草药提纯作为研究方向。项目初期，屠呦呦拜访了许多老中医，收集了大量中医药处方，并从其中归类总结。经过数百次的失败，屠呦呦最终将目光锁定在青蒿上。

经过研究，她发现青蒿的提取物的确存在抗疟性，但抗疟效果始终不理想。为了找到最好的提取方式，屠呦呦翻阅了大量文献，最终想到了低温提取以保留其抗疟性的方法。

1971年，屠呦呦用乙醚提取青蒿，得到的提取物抗疟效果可以达到百分之九十五以上甚至百分之百，这成果为新型抗疟药物的研究打开了大门。

1972年，屠呦呦带领团队开始大量提取青蒿提取物，为临床研究做准备。**为了测试提取物是否存在副作用，屠呦呦主动提出以身试药**。经过一段时间的观测，确认提取物对人体器官没有任何副作用后，青蒿提取物才正式进入临床阶段。

第一例临床试验的成功，让屠呦呦备受鼓舞，她立刻带领团队开始了有效成分的提纯工作，并最终**提纯出了具有抗疟作用的针晶，而这就是"青蒿素"**。

青蒿素的发现，为人类抗疟药物的研发提供了新方向。以青蒿素为主的复合疗法被广泛使用后，2000年至2015年全球疟疾的发病率、死亡率分别下降百分之三十七和百分之六十，超过六百万人因此逃离了疟疾的魔掌。

2015年，诺贝尔生理学或医学奖颁布，**屠呦呦成为第一位获得该奖项的中国人**。她在发表获奖感言时说："青蒿素是传统中医药送给世界人民的礼物。"

同年，屠呦呦入选"感动中国2015年度人物"。

2017年，**屠呦呦获得"2016年度国家最高科学技术奖"，她是第一位获得该奖项的女性**。

2019年，当有人质疑屠呦呦为何能与爱因斯坦、居里夫人这样伟大的科学家们共同成为"20世纪最具标志性人物"的候选人时，BBC用这样一段话为她正名——

"如果要用拯救了多少人的生命来衡量一个人的伟大程度，那么毫无疑问，屠呦呦是人类历史上最伟大的科学家之一，她研究的药物挽救了数百万人的性命。"

同年，**屠呦呦被授予共和国勋章**。共和国勋章是中华人民共和国最高荣誉勋章，只授予为国家发展建设建立巨大功勋的杰出人士，而她是被授予该勋章的人中唯一的医学科学家。

2021年，青蒿素抗药性研究再次取得新突破。屠呦呦率领的团队向世界宣布，新一代的青蒿素抗疟组合再次战胜了已经产生耐药性的疟原虫！这一年，屠呦呦八十九岁。

光环之下的屠呦呦，对这些荣誉并没有那么在意。她拒绝了无数采访，还将诺贝尔奖的奖金中的三分之二拿出来成立了屠呦呦创新基金，用于鼓励年轻的科研人员。诺贝尔先生当初设立诺贝尔奖的初衷，在她的身上得到了延续。

如果非要用一个词来形容她的厉害，那便只有四个字——举世无双！

张桂梅

用一生托起大山的希望

> "我生来就是高山而非溪流，我欲于群峰之巅俯视平庸的沟壑。我生来就是人杰而非草芥，我站在伟人之肩藐视卑微的懦夫。"

也许你并不熟悉上面这段话，但你一定在各大媒体上见过这样一个身影：她黑黑瘦瘦，佝偻着腰背坐在高考考场外的台阶上，端着一碗泡面等着学生们出考场。

她叫张桂梅，是云南省丽江华坪女子高级中学的校长。

她用自己瘦弱的肩膀给大山里的贫穷女孩撑起了一片天，用自己的生命给了无数人改写命运的机会。

（一）
她也曾憧憬诗与远方

　　张桂梅本名张玫瑰，1957年6月出生在黑龙江省牡丹江市。因父母不幸早逝，张桂梅一直和哥哥、姐姐相依为命。

　　1974年，十七岁的张桂梅跟着姐姐从东北老家来到云南省中甸县（现香格里拉市），参加"三线建设"工作。张桂梅是一个阳光开朗的小姑娘，如花一般的年纪，梳着小麻花辫，圆圆的脸上总是带着明媚的笑容，浑身洋溢着青春的气息。在迪庆州中甸林场工作时，因为能说一口流利的普通话，她当过播音员、宣传队队长、妇女主任。她懂时尚，爱穿漂亮裙子、高跟鞋；她喜欢尝试新鲜事物，闲暇时候会去舞厅。张桂梅同事们都非常喜欢她。

　　工作之余，在知青们的帮助下，张桂梅准备参加高考。

高考之路从来遍布荆棘：张桂梅自认在学习方面很有天赋，却没想到考了四次才最终实现自己的大学梦。

第一次参加高考时，张桂梅的考试成绩就超过了本科录取线，这本是一个天大的喜讯，但是因为家里穷交不起学费，她只能忍痛放弃梦想中的大学。第二次，成绩再次超过录取分数线的她，却因为档案丢失，无法被录取。第三次，因为前两次的阴差阳错，张桂梅的心态变得很差，影响了考试状态，最终落榜。直到1988年第四次高考，张桂梅终于如愿考过了省重点大学的分数线。最终，她选择了离家较近的丽江教育学院，并决心将来从事教育事业。

学业步入正轨，爱情并蒂开花。张桂梅经人介绍，认识了董玉汉，他是恢复高考后的第一批大学生，在一所学校当校长。两个同样热爱教育事业的文艺青年有太多共同话题，在一起简直是水到渠成的事。

1990年，张桂梅毕业后，随丈夫定居在美丽的大理，就任于大理白族自治州喜洲一中。闲暇时，夫妻俩会外出旅行，董玉汉拉二胡，张桂梅就以歌相和。在周围人的眼中，他们就是神仙眷侣。

（二）
风雨打不败的玫瑰

爱情事业双丰收，张桂梅以为，这样细水长流的美好，她能拥有一辈子。然而一切仿佛在一开始就已经被标好了期限，这样的幸福时光张桂梅只拥有了六年。

董玉汉被查出胃癌晚期，张桂梅拼尽全力也没能救回丈夫的性命。张桂梅将丈夫埋葬在苍山脚下，懊悔、自责如潮水般淹没了她的大脑，她因此颓废了很长一段日子。但意识到自己不能再继续这样下去后，她振作起来，申请调任丽江市华坪县中心学校。

换个环境吧，她要重新开始自己的人生。

因为教学质量高，为人又尽心尽责，不久后张桂梅就被调到华坪县民族中学，担任初三班的班主任。张桂梅既是严师，又像慈母，为了这些即将中考的孩子，可谓倾尽心血。

可是，命运并没有就此放过张桂梅，新的打击来得猝不及防。学生们7月就要参加中考，张桂梅却在4月突然被查出患有严重的子宫肌瘤。医生苦口婆心,劝她立刻住院做手术,但是张桂梅却放不下班上的孩子们。临考前换班主任,犹如战场上换主帅,会对孩子们的心情造成严重的影响。她把孩子们的未来看得比自己的命还重要,自然不肯因为自己影响了孩子们。

死就死,她想,干脆豁上了。

下定决心的张桂梅把诊断书藏进抽屉,忍者剧痛继续给孩子们上课,直到这一届初三生顺利毕业,她才去做手术。起初确诊时,子宫肌瘤就有五个月的胎儿那么大了,三个月过去,肿瘤已经超过四斤重!难以想象,那样瘦弱的身躯是用了多大的毅力才默默扛住了这番病痛的折磨!

术后第六天,拆线后,张桂梅就立刻出院回到了学校。原因无他,张桂梅做手术的钱都是乡亲们一点点给她凑的,她觉得,自己这条命就是乡亲们从死神手里抢回来的,所以,她要为力所能及地乡亲们多做点事,来报答这份恩情。

2001年,华坪县儿童福利院建成,张桂梅在完成日常教学工作之余,开始兼任福利院的院长。张桂梅和董玉汉并未生下孩子,没有育儿经验的她却在一天之间成了三十六个孩子的妈妈。

这些孤儿最小的两岁,最大的也只有十二岁,张桂梅将自己的爱毫无保留地给了孩子们,竭尽所能为他们打造了一个家。在福利院的时间久了,张桂梅发现,男孩被送来福利院,大多数是因为父母出了意外,可女孩却多是被父母弃养。张桂梅万分心疼这些孩子的遭遇,别人丢一个,她就捡一个。

曾经向往诗与远方的文艺青年完全变了一副样子,在这个贫穷、落后的小山村里,玫瑰竖起了她全身的利刺,来对抗命运的疾风骤雨。她挺直了自己细瘦的茎秆,撑起全身的叶片护佑着身边的幼苗,又把最温柔的芬芳留给她在意的每一个人。

(三)
一棵树撑起一座山

贫穷落后的小山村里,重男轻女观念尤其严重,即便是在家中长大的女孩，一样面临着命运不公。很多家长认为女孩学习再好也没用，不如早点回家帮忙干农活、打工赚钱、结婚生子。张桂梅的学生里，经常有女生前一天还在教室里好好上课，第二天就悄无声息地从学校里消失了。如果任由一切发展，这些女孩们的后代，将如恶性循环般，不断重复她们的命运。

张桂梅不愿看着孩子们被家长们的守旧观念耽误一辈子，何况这样一耽误，毁掉的是几代人。她翻山越岭来到一个个辍学女孩的家中，说什么也要带孩子们回学校上课。她告诉那些女孩的父母："这个孩子我是一定要领走的，一定要让她读书。""没钱了我们一起想办法。"

这么多年来，张桂梅几乎将自己的全部积蓄都用在了资助贫困生上，自己早已一贫如洗。但是面对那些因为家境贫穷便要放弃学业的孩子，她还是坚持资助。

"我供你。""跟我走吧，在我那睡，在我那吃，自己下好决心，把书读出来。"

简单朴素的话语，给许多无助的女孩们带去了极大的安全感。

与此同时，张桂梅也清醒地意识到，一个人的能力是有限的，因为家境贫寒而被迫辍学的女孩们太多了，仅靠自己的工资无法帮助更多人解决这个难题。于是，办一所免费女子学校的念头在她脑海里扎了根。她要创建这样一个场所，让那些女孩都能免费上学，能毫无压力地坐在明亮的教室里复习功课，汲取知识，而后改变命运。

为了筹集办学款，张桂梅像苦行僧一样到处"化缘"。她在街头逢人就问："我要办一所女子高中，你能不能支持我五块十块？**两块也行。**"人们怀疑她是骗子，侮辱她，甚至放狗咬她，张桂梅全都忍下来了。直到她的事迹被记者报道，省、市党委政府特意为此拨了一百万元办学经费，张桂梅日思夜想的免费女子高中终于在华坪县办了起来！

从建校开始，张桂梅每年都会亲自去每个学生的家里家访。看到山沟里家徒四壁的破房子，张桂梅越发坚信，让每个女孩都有学上是对的。她改变的不是某一个女孩的命运，而是三代人的命运！

然而，华坪县的条件实在是太苦了，建校半年，十七名老师中就有九名因为受不了恶劣的环境而陆续辞职。学生们的基础水平也参差不齐,最差的学生数学只能考六分。张桂梅和她的同事从最简单的基础教起,凭借最坚实的信仰和仅剩的人手,撑过了最艰难的日子。

如今的张桂梅深深扎根在华坪县,娇艳的玫瑰长成了一棵能托举高山的参天巨树,撑起了无数人的未来。

那些走出大山的女孩有的成了警察,有的成了医生,有的成了律师,有的继续读研深造……还有的选择回到华坪女高,接过张桂梅手中的火种,让薪火代代相传。

张桂梅已经六十七岁了,超负荷的工作蚕食着她的健康,她患上了类风湿性关节炎、支气管炎、严重骨质疏松、神经鞘瘤等二十多种疾病,可她的脸上却始终带着满足。为了孩子们,所经历的一切她都甘之如饴。她已经无法站直身体,没人搀扶甚至都不能走路,但她仍然坚持每年亲自送孩子们前往高考考场。

看着一个个身穿鲜红校服的背影昂首阔步走进考场,张桂梅知道,又一届学生已经走进了她们全新的人生。

去吧孩子们,往前走,别回头!

黄令仪

以中国心造『中国芯』

> 1958年，杰克·基尔比利用晶体管研发出了第一块集成电路，就此打开了信息时代的大门。作为信息社会的心脏，芯片产业开始在全球崛起。
>
> 从个人电脑、智能手机，到汽车、飞机、高铁，再到如今的AI、物联网，芯片已经进入千家万户，成为人类生活中不可或缺的重要角色。
>
> 而在这背后，新时代中国科技自主发展的道路并非一帆风顺。中国的芯片产业历经几十年风雨，之所以能成就如今的繁荣，离不开一个人的付出。
>
> 她是令西方国家一度闻之色变的"女魔头"，是中国微电子领域从无到有的见证者和参与者。呕心沥血半个世纪，她凭一己之力，让中国芯片惊艳世界！
>
> 她就是"中国龙芯之母"——黄令仪！

（一）
激情燃烧的青春

1936年，黄令仪出生于广西南宁，原名廖文蒂。她的爷爷是光绪年间的举人，曾参与维新运动，"中华民国"成立后也曾担任要职。她的父亲是广西博物馆的创始人兼首任馆长，母亲曾是广西化学纤维所的研究员。

廖家家风纯正，父母又是受过新式教育的高才生，黄令仪受家庭熏陶，自幼便接受着各种各样的新鲜知识，家中琳琅满目的书籍，随意拿下一本她就能看上许久。

抗日战争爆发后，黄令仪跟随父母东躲西藏，经历过流离失所的苦，也曾亲眼见到一个五岁的小女孩死于炮火之中。山河破碎的景象让年幼的黄令仪内心悲痛，下定决心要好好读书。

1954年,黄令仪成功考入华中工学院,即现在的华中科技大学。四年间,她像海绵一样拼命吸取知识。1958年,她以优异的成绩顺利毕业,并被推荐至清华大学半导体专业继续深造。

两年后,黄令仪顺利毕业。为了能够继续深入对半导体的研究,黄令仪回到母校华中科技大学,**创办了中国第一个半导体实验室**,开始进行半导体二极管的研究。

20世纪60年代,中国正在经历一段艰难岁月,以美国为首的西方国家对中国进行经济、技术等全方位的围堵封锁,中苏之间的合作也伴随着苏联内部的动荡而分崩离析,中国的"两弹一星"计划因为计算机技术问题难以推进。

为了突破这一瓶颈,1965年,党中央决定组建中科院微电子学研究所,并成立了我国第一个芯片研究团队。黄令仪凭借着自己的天赋和丰富的半导体研究经验,被选为三极管研究团队的负责人。

缺材料、缺设备,也没有足够的参考,黄令仪只能带领团队摸着石头过河。她以身作则,和团队成员不分昼夜地研究，经过一次又一次的失败，花了不到一年的时间，就**成功将三极管研制了出来。**

在此基础上，1966年，我国自行研发的第一台微型计算机成功问世，实现了国内该领域零的突破。此后，微型计算机技术被应用于人造卫星的研发。1970年，中国成为第五个拥有人造卫星的国家。

为了加快中国科技发展的脚步，黄令仪带领团队继续投入晶体管的研究当中。

晶体管是研究芯片的基础，当时世界，只有美国拥有芯片制造技术，也就是说，只要美国略施手段，中国就会面临无芯可用的局面。想要不被掐住脖子，就必须将技术掌握在自己的手中。然而，1984年，因为经费不足，研究项目被迫终止。

一腔热血却报国无门，黄令仪失声痛哭，却不得不服从调配，转入其他部门，中断了研究。

（二）
只为一颗"中国芯"

1989年，黄令仪被派到美国拉斯维加斯参加国际芯片展览会。在那场展览会上，黄令仪发现偌大的会场内竟没有一个中国展位，因此深受打击，她将此事称为"一生中最大的刺激"。

眼看着中国的芯片事业和其他国家已经有了天壤之别，黄令仪十分痛心，她在日记中写道"琳琅满目非国货，泪眼涟涟"。她也因此意识到，中国人必须加快脚步，研发出自己的芯片，否则必将永远被甩在后面。于是回国后，她立刻召集团队，迅速投入到了芯片的研发之中。

十年间，黄令仪付出了无数努力。2000年，在德国纽伦堡举办的国际发明专利博览会上，**黄令仪及其团队研发的芯片专利获得了银奖**，让中国的芯片事业迈出了新的一步。但仅有技术还不够，能够将芯片制造出来才是关键。

要知道，芯片的应用领域十分广泛，上到国防军事下到日常生活，没有制造芯片的能力，一切就只能依赖于进口。且不说日常应用中可能会造成的信息泄露，如果西方国家在紧要关头利用芯片控制中国的国防通信，甚至借此发动攻击，那后果将不堪设想。

2001年，六十五岁的黄令仪已经正式退休，但中国芯片的制造始终让她放心不下。彼时，中国科学院的胡伟武教授向全国发出了集结令，召集所有有志之士，全力打造中国人自己的芯片。

黄令仪仿佛找到了知音，明知这个项目会面临重重困难，但在胡伟武对她发出邀请时，她还是毫不犹豫地答应了下来，成为龙芯研发团队的负责人。

功夫不负有心人。2002年，经过无数次失败，中国第一款国产芯片"龙芯1号"终于在黄令仪手中诞生。

然而，这并不是终点。经过测试，黄令仪发现，这款芯片与欧美等国制造的芯片，在性能和作用方面根本没有可比性。这让黄令仪懊恼的同时，也激起了她不服输的斗志。

一次不行那就再来一次！翻阅资料，总结经验，无数次在脑海中构建新的实验模板，终于，2008年，在黄令仪的主导下，"龙芯3号"正式诞生。

"龙芯3号"作为一款高性能处理器，相较于"龙芯1号"，在技术上取得了显著进展，其性能可与国际领先水平比肩。它的问世，标志着中国彻底打破了西方国家的芯片垄断，掌握了实际意义上的主动权，也让中国的高铁、北斗等多个领域拥有了一颗"中国芯"，实现了百分百中国制造，为我国每年节省了上万亿的进口经费。

黄令仪曾说"这辈子最大的心愿，就是匍匐在地，擦干祖国身上的耻辱。"从六十六岁到八十二岁，她终于完成了自己的梦想。

2020年，黄令仪被中国计算机学会授予2019年"CCF夏培肃奖"，以表彰她对中国计算机事业做出的卓越贡献。

2023年，黄令仪病逝于北京，享年八十六年。

同年9月，她被评为2023"最美教师"特别致敬人物。

回顾黄令仪的一生，她不仅凭借自己的努力，在中国彻底摆脱无芯可用局面的过程中贡献了巨大的力量，更用心教书育人，为祖国培养了一大批顶尖科研人才。如果用一句话来形容她对中国芯片事业的付出，我想大概是"鞠躬尽瘁，死而后已"。

正是因为有着无数如黄令仪这般甘愿为国家奉献一生的科学家们，中国才有今日之强大。他们所展现出来的强大力量，也必将带领后来者不断奋进，勇往直前。